*Iara Ladvig Budelon*

# Rua das Flores

Preparo de originais: Gabrielle Antunes
Revisão: Karoline Tureta
Diagramação: Luisa Bruno
Capa: Fernanda Ferreira

Catalogação na publicação
Elaborada por Bibliotecária Janaina Ramos – CRB-8/9166

B927r

Budelon, Iara Ladvig

Rua das Flores / Iara Ladvig Budelon. – Rio de Janeiro: Ases da Literatura, 2022..

135 p., il.; 14x21 cm

ISBN 978-65-54281-06-5

1. Romance. 2. Literatura brasileira. I. Budelon, Iara Ladvig. II. Título.

CDD 869.93

Índice para catálogo sistemático

I. Romance: Literatura brasileira



www.asesdaliteratura.pt

*Iara Ladvig Budelon*

# Rua das Flores

NOVOS
ASES

# Prefácio

Em 1909, chegaram ao Brasil incontáveis levas de imigrantes de várias nacionalidades, desembarcando no Porto de Santos, em São Paulo, onde espalhavam-se, seguindo destinos diferentes. Alguns tinham no bairro do Brás, precisamente, na Rua das Flores, uma referência patrícia.

O bairro do Brás ficou historicamente conhecido, por ser o berço das edificações mais significativas da indústria paulistana. Nele desenvolveram-se as atividades econômicas que impulsionaram o crescimento socioeconômico de São Paulo, graças ao tino comercial e perspicácia nos negócios dos imigrantes, principalmente, os italianos.

A Rua das Flores, conhecida como gueto europeu, foi o reduto de famílias de várias nacionalidades, acolhendo, ao longo dos anos, diversas culturas que dariam origem às futuras gerações dos batizados brasileiros. Naquele pacato lugar, construíram casas na esperança de vida nova. A ruela bucólica, de traçado sinuoso, era ornamentada com vários vasos de flores distribuídos sob a calçada estreita. Das janelas entreabertas das casas, ouviam-se melodias europeias que seduziam: a tarantela, fados e tangos, misturando-se às músicas tocadas no rádio na voz dos brasileiríssimos Noel Rosa e Nelson Gonçalves.

A miscigenação de raças repousou no bairro do Brás os sonhos de conquista e felicidade, abraçando o sentimento de pertencimento cultural. Contrastando com os costumes e musicalidade brasileira, a tarantela era um convite à dança, à baderna dos italianos batendo boca, às fartas gargalhadas, ao jogo de truco, à mistura dos dialetos andaluzes, galeses e o português de Lisboa, uma miscelânea exótica, traduzidos por diferentes costumes e linguajar de gringo.

Em dias de domingo, a mesa era fartamente guarnecida com queijos, pães e vinho. Nos pátios ajardinados e avarandados das casas, reunia-se a grande família, fartando-se com uma deliciosa macarronada à moda italiana. Experimentos de temperos variados, principalmente o da Nona, segreto de família longe da especulação alheia.

A Rua das Flores foi um reduto alegre, por vezes, tragicômico, que transformou episódios familiares tristes em dilemas coletivos, simbolizando a extensão da pátria-mãe representada por uma grande família, atada por laços de afins, sentimento de cosa nostra. Recanto dos boêmios, da aconchegante Cafeteria Barão do Café e do Bar La Torre, que promovia bailes embalados por Moonlignt Serenade, de Glenn Miller, e pelos músicos intérpretes de Carlos Galhardo e Orlando Silva. Uma música, em especial, fazia sucesso, tocada neste recanto: Deusa da Minha Rua, uma valsinha de Jorge Farah, que passou a liderar os altos índices de audiência dos ouvintes da Rádio Nacional, mais requisitada do que os tangos, que, até então, roubavam a cena.

Vivia-se bem no gueto de linguajar atrapalhado, uma mescla de língua europeia com português arrastado, o sotaque denunciava a origem. Os imigrantes sentiam como os pátrios as mudanças econômicas e políticas sofridas no país, as duras consequências impostas ao povo, subordinados ao poder militar.

Em 1946, o Brasil passou por mudanças políticas relevantes. No término da Segunda Guerra, em 1945, o presidente Getúlio Vargas acabou afastado da presidência do Brasil pelos militares, terminando assim com a ditadura do Estado Novo. Em seguida, ocorreram duas eleições, um marco importante para os brasileiros: em primeiro, a Assembleia Constituinte, em segundo, para Presidente da República.

A Constituição de 1946 foi elaborada pelos membros da Assembleia Constituinte, considerada a mais progressista que o Brasil já teve. A partir dela vieram conquistas significativas, como o direito à greve e à liberdade de imprensa para criticar o governo. Estabelecia o voto direto e secreto para presidente da República e o equilíbrio entre os três poderes. Nesse momento histórico, o país começa a libertar-se das amarras ditatoriais do Estado Novo. Nem tudo eram ganhos, com o tempo, o liberalismo econômico promovido no governo de Gaspar Dutra traria o viés de trabalhadores revoltados com o fracasso da administração econômica.

As badernas de fim de tarde, na Praça Vermelha, não eram mais nada do que a revolta dos trabalhadores assalariados com a alta inflação devorando os salários. Tempos difíceis, de inconformidade e demissão de operários nas indústrias têxteis.

Aprecie sem moderação a viagem ao passado, deixando a imaginação fluir pelas histórias de vidas que se cruzam ao acaso. Fazendo e desfazendo-se, criando e recriando laços afetivos.

Transporte-se à Rua das Flores, sentindo-se pertencido. Lá será mero expectador ou protagonista. A escolha é sua.

Permesso.

***A autora.***

São Paulo, outono de 1947.

Por trás das vidraças, de algumas janelas ainda abertas, retratava-se a família reunida em torno da mesa, tilintando talheres e taças, enquanto conversavam sem dar pausa.

Na vitrola, um samba de Lupicínio Rodrigues: "Se Acaso Você Chegasse", quase abafando a algazarra das crianças na sala de estar, esparramadas pelo chão, fazendo o peão rodopiar.

Na rua, os lampiões iluminavam precariamente, enquanto os besouros e vagalumes faziam festa na tímida claridade. O vento parecia uivar, balançando as árvores até vergarem-se. Desfolhadas, permaneciam firmes no pedestal. O jacarandá mimoso, que na primavera adornava com suas flores azuis, exalando doce perfume, carregava-se de frutos deiscentes e lenhosos.

Eram 20h, Isabela desceu do bonde na esquina da Rua das Flores. A sisudez da noite foi quebrada por uma melodia, ouvia-se ao longe, uma seresta. Por certo, a afortunada estaria dependurada na janela, deliciando-se com o madrigal. Naquela noite, não teria como testemunha a lua e seus brincos fulgentes, as estrelas.

Desejava, nesta noite, ter embarcado no bonde Gilda para conhecê-lo, a vizinhança comentava sobre o conforto e o glamour. Na hora em que atravessou a rua, o colar de contas de vidro escorregou sob o cardigã vermelho que vestia, caindo ao chão, fazendo-a postergar o desejo. Ajoelhada sob a calçada, juntou as pequenas contas de vidro. Pensou na reação de Anna, sua mãe que, ao saber, ficaria triste, tinha sido um presente de Gio, seu falecido pai.

Logo passou outro bonde e ela correu para pegá-lo. Não era um bonde Gilda, mas a levaria para casa. O bonde foi apelidado de Gilda, homenagem à estrela do cinema hollywoodiano, Rita

Hayworth, por sua beleza e elegância. Importado de Nova York, surpreendia aos que embarcavam na promessa de conforto. Os ares pitorescos nova-iorquinos fascinavam, até mesmo aqueles que apenas sonhavam em experimentar.

Caminhava em passadas largas. Ao longe, via-se um vulto apressado, silhueta feminina, esgueirando-se de arbustos e árvores frondosas. O silêncio no breu causava-lhe arrepios na espinha, lembrando-se das histórias macabras da vizinha Ágata. Uma senhoria, quase secular, falecida alguns meses atrás no sótão de casa, que foi encontrada em estado adiantado de putrefação. Durante dias, um odor desagradável pairou em torno do velho mausoléu. Após o falecimento, ficou desabitado, parecendo mal-assombrado. Ébano, um felino de pelo negro e companheiro de Ágata, ficou cabisbaixo durante alguns dias no avarandado da casa.

Isabela, rija, caminhava sem olhar para os lados e, vez em quando, tropicava. Suspirou quando chegou em casa, empurrando o velho portão de madeira. Subiu a escada pulando os degraus, de dois a dois, e quase tropeçou em Ximbica, a gata de estimação de cor amarela, deitada no tapete da porta. O felino miou, deslizando o pelo fofo entre as pernas. Isabela abriu a porta, Ximbica aproveitou, fazendo as honras, desfilando pelo corredor, adiantou-se e foi direto à cozinha, no ensejo de ser presenteada com alguma sobra de comida.

Beirando ao título de balzaquiana, esquivava-se quando o assunto era casamento. Trabalhava como florista no mercado, além de cuidar dos ajardinados vizinhos. Os atributos físicos não eram exatamente encantadores, senão o conjunto deles. Tinha estatura mediana, esbelta e cintura de violino. Os cabelos castanho-claros, levemente ondulados, usava-os repartidos para o lado, presos com um grampo. O rosto de tez branca destacava-se pela forte expressão do olhar, azul mar, às vezes, esboçava leves olheiras. Morava com a mãe, Anna, em uma casa herdada dos avós. O pai, Gio Bombardelli, falecido, era imigrante italiano e ajudou os avós maternos a construírem a casa em que moravam, em meados de 1920, após desembarcarem, em agosto de 1919, no Porto de Santos.

Gio e os avós de Isabela ficaram, durante algum tempo, na Hospedaria do Imigrante, no bairro da Mooca, onde tinham alojamento e refeitório. A hospedaria também contava com enfermaria e hospital. Alguns dos Fratelli de pátria optavam por morar em habitações coletivas, também conhecidas como cortiço ou favelas, na parte alta da cidade.

Muitos patriotas, imigrantes vindos de outros países europeus, acertavam a vinda com os latifundiários que buscavam. Nessa época, ocorreu a abolição da escravatura, em 1888. Mão de obra para trabalharem nas lavouras de café. Antes, a Lei Eusébio de Queirós, em 1850, havia banido o tráfico de escravos. Os movimentos antiescravagistas aumentavam, levando o país a abrir as portas para a imigração, dependendo dela para alavancar a economia, enriquecendo-a através das culturas do café, cana de açúcar, algodão e subsistência.

Na viagem ao Brasil, Gio conheceu Anna Vanine, por quem se apaixonou à primeira vista. O sentimento foi recíproco, começando assim um romance. Gio, com 21 anos de idade, sabia o que queria da vida. Estatura alta, cabelos castanhos e olhos verdes penetrantes. A pele levemente bronzeada de trabalhar ao sol, as mãos calejadas, marca trazida das lidas na lavoura. O sorriso de Gio deixou Anna encantada. Apaixonados, enamoraram-se e flertaram durante a longa viagem. Planejava desposá-la tão logo desembarcassem.

Sob os olhares dispersos e cansados daquela gente, encontravam-se na proa do navio. Os cabelos avermelhados e dourados de Anna brilhavam como o sol. A moçoila de olhos azuis e feições delicadas, de estatura pequena e franzina, parecia uma anja barroca, tal a mimosura. O casal enamorado, pouco se falava, enquanto Eugênio, pai de Anna, observava-os. No começo, sentiu-se incomodado, passando a prestar atenção em Gio, até que o surpreendeu conversando com Anna. Tomou as rédeas da situação, e Anna ficava ao lado de Clara, sua mãe. Enquanto isso, Eugênio alimentava a história romanesca.

Durante trinta dias, viajaram no navio La France, na terceira classe, sendo instalados nos porões. As condições de higiene eram precárias, tal como as instalações, fazendo com que se propagassem as enfermidades. Os falecidos eram desovados no mar. A viagem exaustiva terminou quando finalmente aportam no Porto de Santos.

Um mês depois, Gio e Anna tiveram o permesso dos pais de Anna, Eugênio e Clara, oficializando a união numa tarde bucólica de outubro de 1909, em que o sol apareceu encabulado e o gorjeio de pássaros ensaiava uma sinfonia de primavera. Após as bodas, dirigiram-se à casa dos pais de Anna, um chalé modesto e acolhedor na Rua das Flores, o qual Gio ajudou a construir com as economias trazidas pela família da Itália.

As diversidades culturais dos moradores, às vezes, chocavam os hábitos. Na miscigenação de culturas, aprendia-se e também se ensinava. Compunham o gueto europeu, famílias de origem italiana, alemã, judia, portuguesa, dinamarquesa, brasileira, espanhola e francesa. Uma rua atípica, estreita, onde não circulavam carros, ornamentada com flores plantadas em floreiras na calçada, e sem saída.

Gio deixou pais e irmãos na região do Vêneto, na Itália, para fazer a América, sonhos de menino. O custo era a ausência daqueles a quem amava, não tornando a vê-los tão cedo, se é que um dia voltaria à Itália. A partida de Gio custou lágrimas à velha mãe, Giovana. O pai de Gio, Paolo, faleceu de febre tifoide um ano depois da partida.

Após dois anos da chegada da família Vanine, Eugênio e Clara faleceram de causas desconhecidas. Chegaram ao Brasil com a saúde frágil, consequência de uma forte gripe da qual foram acometidos na viagem, muitas vezes, ficando desabrigados no convés do navio, à mercê de tempestades frias. A adaptação ao novo estilo de vida, clima, alimentação e cultura foi difícil nos primeiros tempos. Aos poucos, superaram essas dificuldades, mas as sequelas abateram, com o tempo, o corpo fatigado pela convalescença.

A casa da Rua das Flores abrigou por anos o jovem casal e a filha Isabela. Gio morreu jovem, vítima de acidente, quando saiu de casa para jogar truco com os amigos. Um carro desgovernado, sem freios, atropelou-o, a morte foi instantânea. Isabela contava com 10 anos de idade na época do ocorrido. Seguiram-se longas semanas febris.

Anna, a viúva, que até então cuidava dos afazeres domésticos, passou a procurar trabalho. Bateu em muitas portas e a resposta que ouvia era sempre um "não". Giuseppe Matolli, o dono da farmácia, ficou consternado com a situação da esposa do falecido amigo. Por uma questão de caridade, mesmo sem ter condições para custear uma funcionária, contratou-a.

Os meses passaram, e ele seguia com dificuldades para

mantê-la; começou a sofrer calado. Giuseppe morava sozinho nos fundos da farmácia. Solteirão convicto. Contudo, depois de ter conhecido Anna, ainda quando o amigo Gio era vivo, apaixonou-se platonicamente pela pequena mulher. Não tinha mais dúvidas: pediria Anna em casamento. A ideia pareceu-lhe perfeita, só temia a possibilidade de recusa. Giuseppe escondeu as histórias de namoros frustrados com mulheres problemáticas. Anna o surpreendia a cada dia, ao seu lado, com os cotovelos grudados no balcão da acanhada farmácia.

Longe de ser um Clark Gable, não deixava a desejar. O cabelo negro penteado para trás, alinhado com glostora, e a barba bem-feita. Costumava vestir camisa branca, alva e perfumada, e calças pretas com suspensórios. As roupas ficavam aos cuidados de Aurora, a lavadeira, que as trazia impecáveis.

Infelizmente, o tiro saiu pela culatra. A tentativa de surpreender Anna com flores caiu por terra. Ela sentia-se enlutada, talvez pelo resto dos dias. Acabou se demitindo a contragosto de Giuseppe. O tempo apagaria os vestígios do amor não correspondido.

***

Anos depois, Anna começou a trabalhar como costureira, ofício aprendido com a mãe, Clara, que costurava para ajudar nas necessidades da família. Diariamente, recebia novas encomendas de confecção de roupa aos menores reparos. Afamada costureira, trabalhava, muitas vezes, até altas horas da noite, conseguindo sustentá-las com decência.

Menina moça, Isabela despertou interesse incomum pelas flores. Cultivando-as no quintal de casa e vendendo-as na vizinhança, quando não na praça do mercado central. Colocava-as numa cesta e as oferecia aos transeuntes. Passou a ser conhecida como menina-flor. Com o tempo, abriu uma acanhada floricultura nos fundos de casa. Anna passou a ajudá-la, além de seguir com as costuras, renda que não poderia dar-se ao luxo de dispensar, pois a floricultura era negócio pequeno e incerto.

A casa que moravam tinha dois dormitórios, uma saleta, uma cozinha ampla com piso xadrez preto e branco, banheiro e um romântico avarandado, com um pequeno pergolado cheio de madressilvas. Nos fundos, um galpão pequeno, com várias emendas feitas de materiais diferentes, madeira e cimento, onde guardavam os apetrechos de jardinagem. Ao lado, os canteiros de flores, estendendo-se ao término do lote, em que cultivava cravos, rosas, margaridas, gerânios e lírios.

Isabela acordou com os feixes dos raios de sol penetrando sob a cortina e o aroma do café exalando pela casa. Uma bela manhã outonal de sábado de 1947. Espreguiçando-se, levantou da cama, aterrissando os sonhos no piso frio. Tateando, esfregou os olhos, indo em direção ao banheiro. Em cima de uma mesa pequena, uma bacia redonda, de porcelana azul com bolinhas brancas, onde despejou a água do jarro de porcelana branca, com um preparo de ervas naturais, camomila e erva-doce.

Depois de fazer a higiene, foi até a cozinha, arrastando os chinelos de lã. Com a voz rouca, surpreendeu Anna, de costas para a porta, sentada em torno da mesa.

— Como está se sentindo hoje? — perguntou Anna.

— Sonolenta. Nada que um bom café matinal não ajude.

— Tens trabalhado por horas a fio. Precisas descansar e divertir-se. Há quanto tempo não vai a um baile?

Hesitou em responder, nem lembrava mais. Por instantes, fixou o olhar no vazio, em seguida, respondeu sem pensar, coçando a cabeleira descabelada. Colocou o braço por cima do ombro de Anna, trazendo-a para junto de si.

— Quem não se deixa ver, não é lembrada. Mais vestes calças do que vestido — concluiu Anna, sacudindo a cabeça.

— Bem sabes que gosto de trabalhar e ganhar o meu dinheiro. Deus me livre viver às expensas de marido. Não desejo ninguém dizendo o que devo fazer, apontando o dedo em riste, como acontece com algumas mulheres que conhecemos. Não nadei tanto para deixar-me morrer na praia — falou Isabela.

Tentou acalmar o desassossego de Anna. No íntimo, achava improvável que um homem se interessasse por uma mulher de calças, que impunha o livre-arbítrio. Destemida, à frente à sua época, com ideais feministas, afugentava qualquer pretendente que se aproximasse.

Anna retrucou como se quisesse sacudi-la.

— Se continuares assim, o príncipe não irá desencantar. E, adeus, juventude.

Isabela ignorou o infrutífero comentário, respondendo a preocupação de Anna.

— No momento, ajudo a cuidar do sustento da casa, outrora quem sabe.

— Temos o bastante para viver dignamente, cuide também de você — replicou Anna.

— Por isso, não devemos descuidar. Precisamos ter um pé-de-meia para qualquer eventualidade. Hoje temos dinheiro o suficiente para nos manter, amanhã quem sabe. Não custa ser previdente e guardar — respondeu Isabela. Ela se levantou, deslizando a mão nos cabelos levemente grisalhos de Anna, abraçando-a, e beijou sua testa.

Os assuntos do coração a deixavam receosa. Medo de decepções, sofrimento e perda. Acompanhou a dor de Anna, com a perda de Gio. Muitas vezes, surpreendia-a chorando. O pranto que nunca secou, fazia com que não tivesse desejo de se envolver com alguém.

Tempo e acaso, tudo se ajeita. Há quem pense, um empurrãozinho ajuda. Por isso, a insistência de Anna com Isabela. Com o tempo, tudo se supera. O erro é pensar em se acomodar, quem não arrisca, não vive. Quem não vive, não faz as coisas acontecerem. O mundo não é estático, vive da dinâmica fazendo história, pessoas que abraçam intenções e constroem sonhos na realidade.

Ao tomarem café, conversavam amenidades. Algumas histórias maldosas do bairro geram boas risadas, nada sério. Sempre tinha alguém mal-intencionado à espreita, à espera da "cena" do dia. A vida alheia e a concupiscência dos ignorantes.

Isabela levantou-se da mesa, tirando as xícaras e talheres, depositando-os na pia, enquanto Anna lavava a louça. Logo, aprontou-se para sair, mais uma jornada de trabalho. Sem mais delongas com o espelho, pegou a cesta de flores que havia deixado pronta no galpão. Sem perceber, saiu atropelando Ximbica, que se espreguiçava junto à porta de casa. Beijou a testa da mãe, que ficou sentada na namoradeira do avarandado, bordando. Despediu-se, saindo para tomar o trem, pois iria ao mercado no centro da cidade.

Naquela manhã outonal, o sol despertou majestoso, aquecendo a temperatura e os ânimos. Ficar na parada, por muito tempo, às vezes, remetia à desassossegada espera. Por sorte, o trem apontou ao longe, ela correu para não o perder. Fez o sinal e o motorneiro Carlos, que a conhecia, parou. Naquele dia, teve a oportunidade de escolher o melhor lugar.

O motorneiro, um senhor maduro, de cabelos prateados, aparentava uns 70 anos. Na época em que Gio era vivo, a idade pesava-lhe o semblante. De aparência sofrida, nunca foi de falar da sua vida, nem com os amigos. Foi parceiro de Gio nos tempos em que jogavam truco. Nunca souberam se tinha família, apesar das parcas palavras e sisudez, era um bom sujeito.

Isabela gostava do ofício de florista, observando atenta as pessoas transitarem e entreterem-se com a beleza convidativa das suas flores. Levava consigo cravos brancos e rosas vermelhas perfumadas. No sábado, costumava vender bastante. Não demoraria muito para que terminassem, logo retornaria para casa, onde trabalharia no cultivo das flores. Aprendeu com Gio a plantar flores e hortaliças, e desde pequena, tomou gosto pela arte de cuidar jardins, tornando-se jardineira de mão cheia.

Isabela vendeu a última rosa vermelha a um rapazote, aparentando ter uns 17 anos, que contou as moedas para pagar. Não tinha todo o dinheiro, mas ela vendeu assim mesmo. O moçoilo, satisfeito, distanciou-se, rindo à toa. Isabela ficou feliz com a expressão de alegria no rosto do rapaz. Imaginou quem seria a moça que ganharia aquela rosa. Por trás daquele gesto, um coração enamorado.

Satisfeita, Isabela tomou o bonde que passava naquele momento, retornando para casa com a cesta vazia. No caminho, observou algumas floristas espalhadas na avenida Eleanor Roosevelt. A atividade começou a se popularizar, e muitos viam no comércio de flores uma promissora oportunidade. Não demoraria muito para a concorrência intimidá-la, não costumavam jogar limpo, impunha-

-se a lei da sobrevivência.

Ao passar pela Praça Vermelha, viu a mobilização de alguns militantes de esquerda, com as bandeiras partidária PCB erguidas, gritando contra os desmandos do presidente Gaspar Dutra. Os trabalhadores lutavam por dignidade de salário, o qual era devorado pela inflação desenfreada. Tempos depois, o presidente Gaspar Dutra fechou o Partido Comunista Brasileiro, intimidando e coibindo a possibilidade de rebelião contra o governo, que era o caos, denotando desperdício de dinheiro e uma avalanche de importação de produtos estrangeiros.

Ao desembarcar, encontrou dona Flor na parada, cheia de pacotes, desajeitada, estava indo visitar a irmã Clotilde no bairro da Mooca. O rosto escondia-se na cabeleira com a qual o vento brincava, desalinhando os cachos. A maquiagem pesada envelhecia o semblante. Nos lábios, um batom carmim, que não combinava com sua tez, mas estava borrado, deixando até os dentes manchados. Vestia um vestido largo, cor-de-rosa, com bolas brancas, que não favoreciam a silhueta. Com uma mão segurava os pacotes, com a outra os cabelos indomáveis, que teimavam grudarem na boca. Ao entrar na Rua das Flores, Isabela passou pelas casas vizinhas. Cada uma delas representava uma cultura, uma língua diferente e seus dialetos costumeiros.

No final de semana, choveu e esfriou ainda mais. Isabela não ousou sequer em colocar o pé fora de casa. Aproveitou para organizar as gavetas e colocar a leitura em dia. Pela vidraça embaçada, observou a movimentação na rua. A meninada brincando de esconde-esconde entre uma e outra estiada da chuva. Um arco-íris despontou sobre as casas. As crianças vibravam e contavam os anéis coloridos.

Na semana seguinte, ao retornar de bicicleta do Mercado, Isabela foi atropelada por um cão que corria desvairado atrás de um gato. Sem conseguir frear a tempo, caiu, esfolando os joelhos. Guido, o atendente da Cafeteria Barão do Café, estava do outro lado da rua varrendo a calçada e presenciou a cena estúpida. Imediatamente, deixou a vassoura cair, saiu correndo para socorrê-la. Isabela recompôs-se, agradecendo ao gentil cavalheiro.

— Obrigada!

— Por nada! Você está bem?

— Sim, apenas um esfolado no joelho. Nada demais — enquanto falava, abanava-se.

Prestativo, colocou-se à disposição.

— A roda da bicicleta entortou. Posso consertá-la?

— Não se incomode — respondeu Isabela, sabendo bem, no íntimo, que não seria possível ela mesma consertar.

— Faço questão! Tenho mais força — insistiu Guido.

— Nada que já não tenha feito — gabou-se, mentindo.

Por instantes, constrangeu-se, nunca havia feito tal coisa. Exagerou com o sentimento de autossuficiência. O rapaz sorriu.

— Deixe-me apresentar. Guido Amadeo, funcionário de Ariovaldo. Sua graça?

— Isabela Bombardelli — respondeu, apanhando a bicicleta do chão.

Guido persistiu na intenção de convencê-la.

— Parece ser uma senhorita teimosa — falou Guido com propriedade.

— E o senhorio, insistente. — Isabela não conseguiu segurar o riso, procurando disfarçar.

Guido atropelou a resistência incisivamente em um duelo

de convencimento.

— Teimosia e insistência têm parentesco. Quem sabe unimos as duas coisas e resolvemos o problema da bicicleta.

— O problema não é necessariamente da bicicleta, é meu, pois necessito dela. Já que insistes, aceito, para que não me julgues sem educação.

— Vou levá-la para os fundos da cafeteria. Seu Ariovaldo tem uma pequena oficina, e poderei consertar a roda. Aguarde um instante, por favor.

Guido é um jovem simpático, alto, esguio e dono de um sorriso cativante. Tem 29 anos e trabalha como atendente na Cafeteria Barão do Café, no começo da Rua das Flores, esquina com a Avenida Eleanor Roosevelt. Lugar onde também mora de favor, nos fundos do estabelecimento, em um pequeno quarto simplório, cedido pelos patrões Ariovaldo e Agustina.

Empurrou a bicicleta pela lateral da casa e a levou até os fundos, na oficina de Ariovaldo. Enquanto isso, Isabela entrou na cafeteria para tomar um café, quando encontrou Agustina cantarolando e limpando as mesas. Ao perceber sua presença, foi a seu encontro.

— Quanto tempo faz que não a vejo? Sempre atropelando o tempo — desabafou Agustina saudosa de notícias.

— Ando muito atarefada. Ser florista ocupa todo meu tempo. Como as cultivo, fico bastante envolvida.

— Menina Isabela — Tinha o hábito de chamá-la de menina. —, tenho aprendido muito na escola da vida, e uma delas é amar o que se faz, para fazer bem feito. Muitas vezes, agindo mecanicamente, sem perceber, como bonecos de nós mesmos, perdemos a essência do trabalho, fazendo-o por fazer. Com o tempo, perde a graça, e nos tornamos máquinas humanas, trabalhando sem cessar, sem nada que nos realmente motive, senão a sobrevivência. Fez-me lembrar do filme "Tempos Modernos" com Charlie Chaplin.

Divagaram por instantes sobre isso. Gentilmente, Agustina puxou a cadeira, Isabela acomodou-se. Perguntou por Anna, a quem não via há dias.

— Ocupada com as costuras. Às vésperas do inverno, dobram. Dificilmente tem tantas encomendas.

Isabela pediu um café enquanto aguardava o conserto da bicicleta. Agustina tagarelou pelos cotovelos, falando das suas doenças enigmáticas. A cada amanhecer, um novo sintoma e diagnóstico. Doutor Bartolomeu que o diga, médico, atendia os moradores da Rua das Flores. Um dos pioneiros da prática da medicina homeopática na cidade, a qual fazia questão de receitar. Algumas milagrosas, melhoravam o humor das pessoas. Conhecido pelas habilidades diagnósticas, compreendia os pormenores dos dramas familiares às tragédias romanescas dos arredores.

Isabela pontuou as dores de Agustina, evitando delongas com as lamentações, perguntou por Ariovaldo.

— E seu Ariovaldo? Ainda não o vi hoje.

— Alvissareiro como sempre. Saiu para buscar alguns mantimentos no mercado. Deve estar voltando, se não parou em algum botequim para conversar com os patrícios.

No mercado, Ariovaldo encontrou os mantimentos e especiarias na Banca do Apolinário, um português desbocado, radicado há 20 anos no Brasil. Figura histórica, quase emplacando um apelido de museu. Viúvo e bom de lábia, vivia cantando as viúvas, as quais não o davam confiança, conheciam a fama do português bigodudo, bon vivant, apegado aos prazeres da carne e mesa.

Quando precisava ir às compras, Ariovaldo demorava para retornar. Encontrava conversa fiada, bebia grappa, bebida feita do bagaço da uva, quando não jogava um carteado nos fundos do estabelecimento, às escondidas. Agustina repudiava a mania de jogar em boteco. Saía de lá com bafo-de-onça insuportável. Podia negar o envolvimento com jogo, mas o hálito flagrava o pecadito em horário de expediente.

Ariovaldo, um homem alegre e bonachão, tinha estatura baixa e era calvo. Natural de Lisboa, Portugal, fazia uns dez anos que morava no Brasil, investindo as economias na cafeteria, a qual batizou de Barão do Café. Tratando-se de São Paulo ser um dos maiores cultivadores e exportadores do saboroso grão, o nome fantasia foi auspicioso, atraindo os próprios barões do café a conhecerem o estabelecimento e experimentar as delícias, entre elas, o principal, o saborosíssimo café, do qual Ariovaldo não revelava o segredo. Costumava comentar com os amigos que o instigavam para descobri-lo: "Amizade, amizade. Negócios, à parte."

Na vinda ao Brasil, trouxe a família, a esposa Agustina e a filha Maria José. Agustina ficou conhecida como uma mulher de gênio duvidoso. Matrona, tinha uns 50 anos, cabelos negros ondulados, que costumava usar presos. De origem hispânica, tinha um buço saliente que lembrava Frida Kahlo. Alguns clientes brincam com Ariovaldo: "Mulher de bigodes nem o diabo pode!". No começo, abria uma carranca, mais tarde, acostumou-se e ria junto. Pelos cantinhos, cochichava: "Verdade!".

Maria José, filha única, era uma moça de feições delicadas e miúdas. Aos 23 anos, sonhava ser cantora de fado, sonho desencorajado pela mãe. Evitou, ao máximo, os estudos com desculpas estapafúrdias, demonstrando antipatia pelos serviços domésticos.

Ariovaldo colocou-a para atender no balcão, onde a moça acabou conhecendo Lupicínio, um rapaz mulato de olhos expressivos. Lupi, como era chamado, tinha 27 anos e morava na Pensão da Dona Flor.

Lupicínio estudava medicina, com ajuda de um padrinho anônimo, o qual não revelava a alcunha. Quando inquirido do misterioso benfeitor, a conversa mudava de rumo. Charmoso, de modos respeitadores e refinados, nas horas vagas, trabalhava em uma farmácia no centro da cidade.

Maria José apaixonou-se, desde o primeiro dia em que se conheceram. O rapaz esquivava-se quando o assunto era casamento. Agustina percebia o desinteresse de Lupi em casar-se, porém Maria José iludia-se. O namoro recatado tornava-se bem acalorado, e por trás das cortinas, ouvia-se gemidos e sussurros. Há quem diga que os dois dormiam juntos, a janela do quarto de Maria José vivia encostada. Ariovaldo e Agustina faziam vistas grossas. Maria José tinha tiques nervosos. Depois que conheceu Lupi, melhorou o comportamento. Seus pais haviam encontrado o antídoto para apaziguar as variações de humores dentro de casa.

Pontualmente às 11h, o cuco apareceu dando o ar da graça. Isabela mal terminou o café, sorvendo o último gole que repousava no fundo da xícara, percebendo, através da cortina branca, Guido aproximar-se com a bicicleta. Ele parou na porta, fitando Isabela e disse:

— Está pronta! Fique à vontade para tomar o café.

— Acabei de tomar, obrigada — respondeu, desejosa de ir para casa.

Revigorada, saiu em direção à porta.

— Aqui está, nova em folha. — Guido mostrou a Isabela

como havia ficado a roda.

— Obrigada! Quanto lhe devo?

Ligeiramente, ele a fitou. Por instantes, flertou as possibilidades, chegando a corar.

— Apenas seu sorriso — respondeu na expectativa.

Isabela esboçou um sorriso, disfarçando, baixou a cabeça e olhou para a bicicleta.

— Quando precisares, sabes onde me encontrar — desconversou Guido.

Olhou para Guido, corando as bochechas. Despediu-se do moço gentil, apanhou a bicicleta, tomando o rumo. Agustina observou, de soslaio, como quem não quer nada. Guido ficou parado ao vê-la partir, acompanhando com olhos ávidos até onde pudesse ver, e sentiu a brisa fresca borrifando as narinas com odor de rosas que exalava dos cabelos soltos ao vento. A imagem do sorriso prendeu-se na retina, flutuou na imaginação da qual não desejava sair. Imaginou o sorriso, por trás, um beijo sequioso.

Um grito de dor e esbravejo fez com que Guido tivesse uma queda brusca dos céus, sem escala, ao inferno. Sacudiu a cabeça, ergueu as mãos, em imprecação. Os segundos de êxtase eram interrompidos. Quem poderia ser, senão o carma: A-r-i-o-v-a-l-d-o, o senhor da nevralgia — sentia fortes dores de cabeça —, perdendo as estribeiras de vez em quando. Chegou em frente à cafeteria bufando de raiva. Havia deixado um pacote cair dentro do bonde, quando o motorneiro arrancou impaciente, sem lhe dar chances de pegar.

Atrapalhado, trazia nos braços vários pacotes pendurados. Entrou no estabelecimento gritando com Agustina por algo insignificante. Calada, abriu os pacotes, respirando sofregamente. Guido pegou a vassoura, saindo de perto, pois conhecia o gênio do patrão. Zequinha, o vira-latinha, escondeu-se debaixo da mesa, à espreita. Ariovaldo resmungou, chamando a atenção de Agustina.

— Calma, Ariovaldo, não descarregue raiva. Tenho mais o que fazer, vou cuidar das panelas.

Ariovaldo bufou, maldizendo.

— Vá, vá de uma vez!

Ariovaldo, com as bochechas coradas, abanou-se sem paciência, balbuciou alguns palavrões. Ligou o rádio, sintonizando na Rádio Nacional, desejando ouvir marchinhas carnavalescas. Sacudia a enorme protuberância abdominal.

"Allah-lá-ô, ô ô ô
Mas que calor, ô ô ô ô ô ô
Atravessamos o deserto do Saara
O sol estava quente
Queimou a nossa cara..."

Acalmou-se, deixando-se entreter pelas marchinhas carnavalescas. Lá pelas tantas, revigorou-se. A música operando milagres na alma humana.

Ao cair da tarde, a cafeteria movimentava em um frenético entra e sai. O ambiente, impecavelmente arrumado, encantava. Sobre as mesas, toalhas de linho brancas, no centro, um arranjo de flores naturais, as quais eram fornecidas por Isabela. Vários candelabros suspensos iluminavam graciosamente. Ao resfolegar da brisa, deslizavam nas frágeis peças, tilintando como címbalos tibetanos.

A cafeteria, aconchegante, auferia a preferência da clientela na arte de preparar aromáticos cafés. Como atributo, aroma e sabor encorpado com uma pitada de um tempero exótico, segredo guardado a sete chaves por Ariovaldo; lições dos mestres dos tempos em que morou na Arábia, no Oriente Médio. O café teve sua origem nestas terras, bebida apreciada pelas propriedades revigorantes. Na roda de amigos, falava sobre o café, produto conhecido na época do império como "ouro verde", passando a ser um dos mais exportados no Brasil, desde o império à república, propiciando divisas internacionais e transformando-o em um produto tipicamente brasileiro. Nas mãos dos Barões do Café, responsáveis pela plantação e comercialização, proporcionava ao país uma significante receita anual, empregando mão de obra ostensivamente.

Ariovaldo esfregou uma mão na outra, animado com a delícia que preparava a um cliente antigo e fiel aos sabores da casa. Sem perder tempo, sorrindo à toa, foi ao encontro da mesa 27, habitual escolha do lorde das palavras.

— Hummm... aqui está! O saborosíssimo café, senhor Manchester. Sinta o aroma e prove, degustando lentamente a delícia das Arábias. — Ariovaldo serviu a arte barista ao cavalheiro de modos gentis.

Manchester, com trejeitos refinados, sacudiu a cabeça afirmativamente, enquanto Ariovaldo, na expectativa, aguardou o precioso veredicto. Ao primeiro gole, recebeu infindáveis elogios. Inspirou o aroma, revirando os olhos.

— Soberbo! Meu caro Arioval — exclamou Manchester.

Costumava chamar Ariovaldo de Arioval, considerando a abreviação do nome agradável aos ouvidos, garboso tanto quanto ele. Ariovaldo admirou a pompa de Manchester ao degustar o café. Nem todos sabiam valorizar a bebida como tal. Esbugalhou os grandes olhos castanhos e, segurando o guardanapo, esperou a reação do cliente, quase numa devoção, um tanto particular, ao ato da degustação.

— Obrigado, senhor Manchester! É sempre um prazer lhe servir. Nada como servir um gentleman, sabes apreciar um bom café — reverenciou o cliente. Agradecendo-o, saiu de fininho, sem ser descortês, atendendo outras mesas.

Ariovaldo declarou-se um apaixonado incorrigível quando se tratava da arte barista. Manchester era generoso com as palavras, mas sovina quando se tratava de pagamento. A pechincha, no cochicho, afinal, mantinha a pose de magnata, mas chorava por alguns cruzeiros.

Manchester deslizava as mãos sob os cabelos grisalhos, velho hábito, escorado no balcão, como se estivesse fazendo um carinho em si mesmo. A cabeleira grisalha com nuances de tons acinzentados e prateados, e alguns cacheados, lembravam a nobreza do século passado. Alto e elegante, aparentava um respeitável sexagenário. Vaidoso, evitava falar sobre idade, tampouco das origens. Reservava-se ao silêncio em relação à vida pregressa. Trazia notório conhecimento de medicina, embora ninguém soubesse a formação profissional. Conhecido pela fortuna incalculável, informação que não ostentava ao pé da letra. Pouco se sabia daquela pessoa, a não ser a ligação com o Duque de Arveja, um principado português. Celibatário, não tinha filhos, nem herdeiros à sucessão. Morava sozinho no final da Rua das Flores, em uma casa rústica, datada no final do século XIX. Alguns desconfiavam da ascendência com a aristocracia espanhola, informação guardada a sete chaves, fugidio ao malogro das especulações.

A cafeteria destacava-se, também, pelos deliciosos doces, entre eles, o Tiramisú, distribuído em camadas de biscoito champanhe, embebidas no café, alternando camadas com cremoso queijo mascarpone, polvilhado com chocolate amargo.

Após saborear um pastel de Santa Clara, Manchester contou a Agustina sobre a procedência do doce. Os pastéis surgiram no século XIII, em Portugal, no Convento de Santa Clara. As freiras faziam uso da clara para engomar os tecidos, e sobravam muitas gemas de ovos. Para serem aproveitadas, criaram diversas receitas, uma delas, o pastel.

Enquanto Agustina entretinha-se com um bocadinho de cultura, Ariovaldo tropeçava com os pedidos de café. Guido sentiu o cutuco, como se não bastasse, vez em quando, era arrastado para algum canto do estabelecimento pelos fanáticos getulistas, brindando as conquistas, como a legislação trabalhista de 1943. Nascia uma identidade coletiva, o operariado com base no trabalhismo. A conversa deixava os ânimos alterados, e Guido era puxado pela camisa de um lado para outro, sufocado pelas baforadas dos charutos.

Exatamente, quando precisavam dela, Maria José sumia. Em algumas delas, Guido a encontrava fumando às escondidas. O dia que fosse surpreendida por Ariovaldo, quem fumaria seria a cobra. Rezava para que este dia não chegasse, ou se acontecesse, fosse longe dele. A briga verbal seria nada política. Guido foi à procura e a encontrou no pátio atrás da pitangueira, sentada em um banquinho.

— Maria José, o que fazes aqui? O café está lotado, não estou dando conta.

— Acalme-se, Guido! Não é para tanto.

— Teu pai vai acabar descobrindo. Brincas com o perigo. Cabe lembrá-la que fumar pode trazer um prazer momentâneo, mas é péssimo para a saúde.

— Cada um sabe o que é bom para si — respondeu Maria

José em um tom brando de voz.

— Pena! — lamentou Guido. — És bem crescida para saber o que é bom ou ruim.

— Apenas uma questão de ponto de vista — respondeu Maria José segura de si. Por dentro, tremia, não queria que o pai descobrisse, teria que viver um dissabor a três. Seria o caos familiar aguentar a rabuja de Ariovaldo. Por certo, ele a castigaria de alguma forma.

Anoiteceu, e o sol esgueirou-se por trás das árvores, o dia despediu-se. Os lampiões foram acesos, e os besouros brincavam em volta. A rua adormeceu embalada pelo silêncio, berço de pedras iluminado por um palco estrelado, como as Três Marias, formando o cinturão de Órion da constelação estelar, vistas por todo o hemisfério. A bela noite seduzia com seus brilhantes, adornada pela lua de prata.

A cafeteria esvaziou-se. Guido debruçou-se por alguns instantes no beiral da janela, refugiava-se no passado, lembranças da infância, quando interpelado por um grito.

— Sim, seu Ariovaldo — respondeu Guido com olhos arregalados.

— Ora, pois, encontrei as chaves que procurava.

— O senhor me assustou, pensei que tinha acontecido algo.

— Sabes que fico com gastura quando não consigo encontrar algo que procuro — respondeu Ariovaldo, atrapalhado com os óculos que escorregavam da cabeça, presos a um cordão.

— Pelas barbas do profeta, seu Ariovaldo! É muito pouco para perder as estribeiras.

— Cale-se. Fique no borralho.

Ariovaldo deu as costas a Guido, deixando-o só. Ele balançou os ombros, cada um com suas esquisitices.

Uma aragem fina e gélida espalhava-se rapidamente, tornando o anoitecer sombrio.

***

Naquela tarde, Isabela tinha vendido todos os ramalhetes na avenida Eleanor Roosevelt. Chegou em casa, tiritando, imaginando a sensação gostosa de um banho morno e uma sopa quentinha.

Anna colocou um disco na vitrola, a Opera de Verdi. Ouvir "Aída" acalentava as intempéries do coração quebrantado pela saudade. Inutilmente, disfarçava as lágrimas que secava na manga do casaco. Ouviu um barulho vindo da cozinha. Era Ximbica, roliça, ficou presa ao passar pela janela basculante. Isabela a colocou no colo, onde aquietou-se à espera de afagos.

Isabela e Anna falavam sobre os acontecimentos na vizinhança, uma mistura bem casada de etnias e culturas. Uma amostra de como pessoas diferentes conviviam bem, respeitando uns aos outros. O sentimento de pertencimento e a vontade de ajudar tornaram a rua acolhedora.

Na frente de cada habitação, havia adereços étnicos, cores, vasos e flores. Na rua, estreita e sem saída, lembrando as ruelas na Itália e na Espanha, transitavam pessoas e bicicletas.

Isabela contou sobre o rapaz que conheceu na cafeteria do Ariovaldo. Anna ouviu, de orelhas em pé, os detalhes. Pensava em uma desculpa para ir à cafeteria, uma vez que não gostava de sair sozinha devido à labirintite.

— Como ele é?

— O que a senhora tem de teimosa, tem de curiosa.

— É uma característica feminina, quem resiste? — disse

Anna, arranjando ligeirinho algo que justificasse a curiosidade que corroía o sossego.

— Nada de expectativa casamenteira. Apenas um rapaz gentil que conheci. De gentilezas e segundas intenções, o mundo está cheio.

— Evite levar tudo para o lado maldoso. Uma boa ação por parte de um rapaz educado.

— Que seja um rapaz de boa índole, isso não é tudo.

— Como por exemplo? — indagou Anna firmemente.

— Conhecer pessoas é algo normal em nosso dia a dia, vero? Têm algumas pessoas que se destacam das outras por terem algo a mais, falo referindo-me a rapazes. Têm aqueles que encantam, não somente por gestos cavalheiros, algo na aparência nos atrai. É disso que falo, do sentimento incomum. De alguém que nos prenda a atenção, fazendo-nos levitar, mesmo quando estamos com os pés bem fincados no chão. Entendes o que quero dizer?

— Claro que a compreendo. Falas do mesmo sentimento que senti quando conheci seu pai, quando nossos olhares se cruzaram, pela primeira vez, no convés do navio. Amor à primeira vista!

— Agora sei que me entendes. É disso que falo, mas não foi o que senti em relação a Guido. Independentemente de quem fosse: caráter, beleza e encantadora gentileza, que pouco encontramos nos homens, naturalmente abrutalhados pelo machismo férreo. Meros predadores das almas femininas, desejando o corpo e a ostentação de orgulho de macho possuidor.

Anna escutou com um misto de admiração e tristeza.

— É assim que percebes os homens?

Isabela hesitou em responder, por um instante, introspectiva.

— Talvez... um pouco pior. — Olhou para Anna, observando a reação de espanto. — Tenho observado o comportamento dos homens e ouvido queixas por parte das mulheres nos lugares por onde passo. Um dia desses, no bonde, escutei, sem querer, a conversa de uma mulher com a mãe, com detalhes dramáticos das mazelas conjugais. Muitas moças, infelizmente, apegam-se ao dinheiro e à formosura, esquecendo-se do caráter. Acabam sendo prisioneiras da casa, limitando-se aos caprichos do "dono", procriação e educação dos filhos, suportando, muitas vezes, maridos machistas, infiéis, frios e ausentes.

Naquela noite, Isabela demorou a adormecer. Revirou-se na cama, pensando no moço que conheceu. Solícito e simpático, pena que não fazia o seu tipo. Após a tentativa frustrada de dormir, levantou-se e apanhou uma revista, folheando-a, sem vontade. Por instantes, uma fissura quase enlouquecedora de fumar. Ainda guardava uma carteira de cigarros, dos velhos tempos. Algum tempo havia parado, logo depois de ser acometida por uma pneumonia. Imaginou a reação de Anna se descobrisse pelo cheiro que ficaria pela casa. Evitava aquele mal de novo, a conquista da liberdade saiu cara, deixando o vício após a desilusão amorosa. Devorava cigarros, até ser combalida pelos excessos e pelo transtorno emocional. Enfim, uma página virada.

Preparou um chá de camomila, retornando em seguida para o quarto, com a bebida fumegante em mãos, sentindo um friozinho nas extremidades. Ventava na rua e os galhos da aroeira batiam na janela, pelas frestas; o vento fazia barulho semelhante a uivos. Fechou as venezianas e apanhou cobertas no guarda-roupas.

Na manhã seguinte, acordou lentamente, havia dormido pouco. Olhou o relógio, percebendo o adiantado da hora. Ao calçar as chinelas, ainda sonolenta, sentiu algo macio e fofo. Era Ximbica com a cabeça enfiada dentro do chinelo.

— Só podia ser a bichana amarela — falou Isabela, afagando a barriguinha branca de Ximbica, que rolava no chão, fazendo poses mimosas.

Com a cesta de todas as estações, cheia de flores, Isabela saiu. Tomada de inquietante curiosidade, Anna decidiu ir à cafeteria de Ariovaldo, com a desculpas de falar com Agustina, arrumando um pretexto para satisfazer-se. Colocou o vestido domingueiro, modelito de lã, da cor marinho, e prendeu os cabelos, um pouco grisalhos, com um grampo, fazendo um coque.

Ao sair de casa, inspirou profundamente, respirando o ar fresco da manhã. Alegre e sem hesitar, tomou o rumo da cafeteria. Enquanto fazia o trajeto, lembrou-se da melodia de Verdi. Podia até cantarolar, mas o que os outros pensariam? Lá vai uma velha caduca, falando sozinha. Às vezes, deixava-se intimidar pelo que os outros poderiam pensar. Brecava os ímpetos normais por causa de terceiros. Bobagem! Naquele momento, o coração de mãe queria fazer festa, mas ainda era cedo para comemorar.

Ao caminhar pela rua sinuosa, prazenteiramente abanou às vizinhas, num gesto recíproco. Algumas a paravam, contavam alguma ladainha familiar, principalmente Flor, a dona da pensão. Outras especulavam sobre Isabela, pareciam saber de tudo, quem duvida? A rua era um livro aberto de histórias da vida privada. Ali, dificilmente, conseguia-se esconder algo.

No rádio de Flor, com volume exagerado, tocava uma valsinha: "A Deusa da Minha Rua", de Nelson Gonçalves. Uma das músicas mais pedidas do rádio, das mocinhas enamoradas às mulheres maduras saudosas adoravam-na.

"A deusa da minha rua
Tem os olhos onde a lua
Costuma se embriagar
Nos seus olhos eu suponho
Que o sol num dourado sonho
Vai claridade buscar."

Saudosa dos velhos e bons tempos, borrou a maquiagem. Baixinho, envergonhada, sussurrou:

— Valha-me, Deus! Quanto mais velha, mais criança.

Ouviu o sino da igreja matriz tocar, anunciando a missa das 9h. Naquele dia, teriam festividades na em devoção à Santa Rita de Cássia. Lembrou-se, constrangida, que fazia algum tempo que não a frequentava. Ainda outro dia, encontrou o pároco Antônio, saudoso de sua visita. Pouco se dedicava às atividades religiosas, embora sempre estivesse com Deus nas orações matinais.

Inesperadamente, a música foi interrompida pelo noticiário da Rádio Nacional. Em tom nefasto, o radialista relatou os últimos informes trágicos acontecidos na Europa, em decorrência da Segunda Guerra. Anna fez o sinal da cruz, sacodiu a cabeça, descaindo o semblante.

Ao chegar à cafeteria, encontrou Guido varrendo a calçada. Quase teve uma reação inusitada, gaguejou, pedindo para falar com Agustina. Educadamente, puxou a cadeira para se sentar e avisou Agustina da sua chegada. Discretamente, ela o acompanhou com os olhos, até perdê-lo de vista, esgueirando-se dos móveis no estreito corredor que dava acesso à cozinha.

Sem muita demora, Agustina apareceu, com um avental

branco até os joelhos, esfregando as mãos de maneira insistente. Sorridente, abraçou-a vigorosamente, convidando-a para entrar na cozinha, o esconderijo perfeito dos ouvidos alheios, onde poderiam conversar à vontade.

— Entre, por favor. Sempre estou cá, ao redor das panelas — falou Agustina entusiasmada com a visita inóspita.

Anna percorreu com os olhos as tantas quinquilharias de cozinha penduradas.

— Tens uma cozinha maravilhosa! — exclamou Anna, imaginando-a pequena e bagunçada.

— Passo a maior parte do tempo cozinhando, inventando alguns quitutes. Evito facilitar para a concorrência — falou e, em seguida, deu uma bonachona risada, abanando-se, atormentada pelos calorões impostos pela idade madura.

— Fico feliz por você, Agustina, sei o quanto trabalhas para ter tudo isso! — Ao terminar de falar, lembrou-se de Ariovaldo. — E Ariovaldo?

— Bem cedo foi ao mercado. Às vezes, costuma levantar pelos pés da cama. Graças a Deus, hoje evitou a rabuja. Quando acontece, fica insuportável. Admito que me falta tolerância.

— Consegues, com aquele jeitinho infalível, as receitas. — Mal terminou de falar e uma farta risada despregou os lábios.

Ambas riram.

— Pois, pois... não é que é mesmo? Conquistei o marido pelo estômago, com certeza não foram pelos meus lindos olhos negros, como Ariovaldo costuma cantarolar na música de Custodio Mesquita:

"... Olhos negros

Perdição...
Faróis traiçoeiros
Fizeram prisioneiros
Meus olhos cheios de paixão..."

— Confesse que gostas! — afirmou Anna, achando engraçada a reação da amiga.

Nem um minuto de silêncio, a resposta sobreveio com ar de saudosismo.

— Fico enamorada dele. Que não nos ouça. Confiança demais para um homem não é salutar para o casamento. Muitas certezas fazem com que ambos se descuidem de si no dia a dia.

— Seria prejudicial se soubesse?

Agustina tinha a resposta na ponta da língua.

— Não temos o costume de ficarmos nos declarando um ao outro. São as atitudes no dia a dia que fazem acreditar que o amor existe entre nós.

— Qual o problema de colocar o sentimento para fora? É bom ouvir! — indagou Anna que costumava manifestar os sentimentos em relação a Gio.

Pausadamente, ela explicou:

— Educamos Maria José em um ambiente pudico, tudo era proibido. Escondíamos os momentos de ternura e nunca trocávamos beijos na frente dela ou de quem fosse. Um hábito que alimentamos diariamente, como a maioria dos casais, repetindo costumes dos nossos pais. Pensando bem, é sem sentido. Com o tempo, um casamento sofre desgastes, temos que usar de sabedoria para continuarmos. Olho para Ariovaldo com tolerância difícil de ser exercida, procurando as virtudes, alenta para suportar os defeitos. Cheguei à conclusão que é a fórmula de fazer uma união dar certo, sem esperar cair na armadilha da desilusão.

— Preciso tirar o chapéu. Me surpreendes, Agustina — respondeu Anna, beliscando uma uva-passa. — Nunca é tarde para termos atitudes que nos fazem bem, seja manifestando um sentimento bom, mostrar e lembrar o quanto amamos alguém. Demonstrar sentimentos faz parte da vida e somente se torna real quando os deixamos soltos, libertos de nós. Apenas tem sentido quando os libertamos para quem realmente pertençam.

— Ora, pois, pensarei no assunto. Sábio conselho de uma amiga deve ser considerado um presente.

— Desde que a conheço, sempre tivemos a liberdade de confidenciar os sentimentos. — Lembrou Anna de quando eram jovens.

Ambas fizeram um brinde, com xícaras de café, saboreando o recém passado, acompanhado com biscoitos de limão saídos do forno.

Guido entrou na cozinha, desculpando-se pela intromissão ao perceber que silenciaram. Agustina ofereceu uma xícara de café, ele recusou. Não aceitando um não como resposta, foi logo alcançando a xícara. Tropeçando na cadeira, evitou a queda, enrubesceu, agradecendo. Entre um gole e outro, olhava para o corredor enquanto elas conversavam pelos cotovelos.

Agustina, encarando Guido, disse:

— Ariovaldo ainda demora! Tome o café tranquilo.

— Obrigado, dona Agustina! Tenho encomendas a receber.

— E Maria José? O que faz? Tranquilize-se, rapaz! — insistiu com ar risonho.

Guido levantou-se, agradecendo, deixando a xícara na mesa.

Anna observava, discretamente, apurando seus modos. Ele deduziu que fosse a mãe de Isabela, dada a semelhança física. Em seguida, pediu licença e retirou-se. As mesas o esperavam.

***

Maria José atendia no balcão, entretida com a música que tocava no rádio. Apaixonada por Lupi, o namorado, vivia no mundo da lua. Evitava ser flagrada em momento de distração. Costumava estragar algum traste, quebrar a louça ou deixar algo queimar, até encontrarem, como alternativa, afastá-la das lides da cozinha.

Agustina alugava os ouvidos de Anna, falando das enfermidades, das quais jurava ser acometida. Paciente, escutava, aconselhando-a a preocupar-se menos com a saúde. Concluiu que as queixas eram feitas, inconscientemente, de uma carência afetiva.

Não demorou para Ariovaldo, esbaforido, retornar. Agustina foi atendê-lo, arrastando a tamancas barulhentas. Anna despediu-se, e antes de sair, trocou um bocadinho de palavras com Guido. Ele, gentilmente, perguntou por Isabela, e impossível não perceber, os olhos brilhavam. Anna ficou à vontade na presença de Guido, e o convidou para jantar em sua casa. Ele agradeceu, escondendo a euforia que parecia sair pelos olhos. Enrubesceu.

Retomando o trajeto de casa, Anna sorriu, satisfeita com o que tinha visto e ouvido. Esperava que o flerte evoluísse para um namoro de compromisso. Agustina confidenciou-lhe ser um bom moço de família. Os pais, idosos, moravam no interior do Paraná. Guido era o mais novo dos oito filhos e mantinha contato com eles apenas por cartas.

No caminho, encontrou doutor Bartolomeu, apressado, que passou e levantou o chapéu.

— Bom dia, dona Anna!

Bartolomeu freou o passo no ímpeto de fazer uma pergunta.

— Isabela melhorou do resfriado?

— Sim, mas continua teimosa, tomando chuva.

— Precisa cuidar-se, senão terá outra pneumonia. Em alguns casos, conseguimos curar, nem todos.

— Obrigada, doutor Bartolomeu. Vou lembrá-la, embora saiba que a negligencia. Ela lembra Gio, o próprio, de vestido — Anna respondeu, franzindo a tez.

— Aproveito o ensejo para pedir-lhe um favor.

— Sim!?

— Estou à procura de uma secretária. Podes me indicar alguém?

— No momento, não. Tens preferência?

— Uma pessoa educada, solícita e com bom português. O restante dependerá da empatia.

***

Bartolomeu Jacobson morava na última casa da Rua das Flores. Uma casa estilo barroco, construída no século XVIII, tendo herdado dos pais de origem judaica. Na frente, um ajardinado, com árvores seculares como as figueiras. Era viúvo de Gertrudes, uma jovem mulher, talvez com uns trinta e poucos anos, de aparência frágil. Raramente vista pela vizinhança, cultivava hábitos caseiros. Gostava de ler, ouvir música, cozinhar. Manuseava o tear com perfeição. Com o tempo, Bartolomeu passou a ser visto sozinho. Reservado em relação à vida familiar, tornou-se melindroso a respeito dos assuntos íntimos. Em uma noite chuvosa e fria, Bartolomeu a levou para o hospital. Dias depois, Yolanda, a governanta dos Jacobson, confidenciou a uma vizinha que retornava de um funeral, cujo féretro era de uma pessoa conhecida. Uma semana após o falecimento, Bartolomeu viajou para Ibiza, onde morou na casa de um amigo. Retornou ao Brasil fazia pouco tempo, com alguns quilos a menos. Esboçava alguns fios grisalhos, charmoso, aparentava ter uns 40 anos, senão menos.

Anna retomou o caminho de casa, quase tropeçando em uma pedra na calçada em frente ao mausoléu onde morou Ágata Strauss, uma senhora idosa, que falava com sotaque alemão. Soube que faleceu em circunstâncias misteriosas. Arrepiou-se, pois mais parecia uma história de terror de Alan Poe. Na escada do pórtico da frente da casa, avistou uma moça loira, de cabelos encaracolados, aparentando uns 18 anos. Trajava um vestido branco, na altura dos joelhos, e estava, curiosamente, descalça. Ao seu lado, Ébano, o gato da falecida Ágata, sendo acariciado. Ela não percebia que era observada.

Sucumbida pela curiosidade, Anna a cumprimentou. A moça respondeu com timbre de voz encantador:

— Recebi a casa como herança da tia Ágata. Gosto daqui, desde pequena, quando costumava correr pelo jardim. Estou fazendo uma pequena reforma, pintando as paredes para torná-la agradável como merece.

— Venha me visitar, terei prazer em mostrar o jardim. Sei que apreciam flores, tenho diversas delas por aqui. Ficarás encantada — exclamou, alisando Ébano em seu colo.

— Agradeço o convite. Até mais!

Distraída, esqueceu de apresentar-se e, ao virar-se, a moça adiantou-se.

— Antes que esqueça, meu nome é Alma, e tu és Anna.

Boquiaberta e afônica, respondeu laconicamente. Coincidência, pensou, alguém poderia ter comentado.

Despediu-se às pressas, quase tropeçando em Bonifácio, o cachorro São Bernardo de Armstrong. Precisaria de um par de olhos com urgência.

Armstrong tocava sax na varanda de casa, Dardanella, de Sidney Bechet, despertando Anna das indagações. Sentado num banco de madeira, o pé matreiro o acompanhava, enquanto Emílio, seu filho, aplaudia-o. Fixava os olhos, que mais pareciam duas jabuticabas a saltar o rosto, vidrados, requebrando-se com uma mão posta no peito, fazendo trejeitos, aquele mulato franzino prometia, ensaiando alguns passos de sapateado, inventava.

Louis Silva, também conhecido popularmente pelos boêmios como "Armstrong", era músico de profissão. Perdeu a visão em virtude da doença, alguns anos atrás, quando foi abandonado por Dolores, sua mulher na época, uma cantora de música popular brasileira e mãe de Emílio, um rapazote de 14 anos. Emílio morava com ele, um rapaz estudioso e dedicado. Dolores, uma mulata formosa, fazia fortuna com a voz e costumava viajar para Paris na companhia do amante, um sujeitinho de má índole, antes sedutor do que belo, que ganhava dinheiro às custas dela por ser empresário, da boca para fora, enquanto mantinha a vida de playboy. Dolores raramente procurava o filho, entretinha-se entre plumas e paetês.

À noite, Armstrong costumava tocar no bar La Torre, em frente à Cafeteria Barão do Café, frequentado pela elite paulistana. Alguns clientes da cafeteria costumavam frequentar o bar noturno, onde se encontravam boas comidas, bebidas e música até altas horas, ponto predileto de encontro de políticos, jornalistas e artistas.

Apesar da movimentação noturna, respeitava-se o horário de silêncio. Dificilmente havia confusão, mas quando acontecia, acionavam a guarda municipal. Nesses momentos, Geraldo, o guarda noturno, amainava os ânimos alterados dos abusadores da bebida. Com um cassetete em mãos, baixava a lenha na teimosia.

Anna, estática, deliciava-se com a música, aplaudindo-o. Teceu elogios ao músico, Armstrong agradeceu. Sugeriu gengibre e mel, passando uma receitinha, dizia ser infalível. Emílio anotou no caderno, prometendo prepará-la para o pai. Armstrong esboçou largo sorriso amarelado, deixando escapar entre os lábios trêmulos, uma pitada de amargura de um velho combatente das batalhas cotidianas. Talvez, se não fosse por Emílio, não estivesse mais ali.

Abanando-se, Anna chegou em casa, tropeçando em alguns degraus. Transpirando, lavou o rosto com sabonete de lavanda, prendendo os cabelos que roçavam o pescoço suado. Tirou os sapatos, recostando-se no sofá. A brisa serelepe beliscava a cortina. Por alguns instantes, cochilou. Ao acordar, sentiu o aroma de manjericão espalhado pela casa. Espreguiçou-se, sentindo dores nas costas, havia dormido de mau jeito.

Na cozinha, Isabela surpreendia.

— O aroma me deixou com água na boca — disse Anna, levantando a tampa da panela.

Em seguida, apanhou os pratos no armário da cozinha, distribuindo-os ligeiramente sobre a mesa. Anna herdou de Marieta a louça portuguesa, ainda não havia quebrado nenhuma peça. Os copos e as taças eram de cristal, o guardado mais precioso do enxoval de casamento. A mesa posta era impecável, embora fossem pessoas desprovidas de qualquer hábito de ostentação, seguiam a tradição de família.

Anna acomodou-se junto à mesa, com os olhos espichados para macarronada. Isabela pegou a travessa fumegante, repousando-a na mesa.

— Mesa posta, eu também! — exclamou Anna, um tanto pueril, segurando garfo e faca.

— Parece comigo quando pequena, à espera de um saboroso macarrone.

As duas riram.

Isabela apanhou na cristaleira um vinho tinto, safra de 1939, escondido entre os guardados etílicos.

Anna falava pelos cotovelos. Um pouco mastigava, outro bebericava, contando as novidades.

— Madona mia! A senhora fez isso? — indagou Isabela, franzindo a testa, um misto de pavor e admiração.

— Apenas fiz uma visita. Que mal há nisso? — perguntou, mostrando satisfação.

— Justamente um dia depois de nos conhecermos — disse, reprovando-a.

— Bobagem! Gostei do moço, pareceu-me boa gente. Um bel ragazzo! — respondeu Anna.

Sacudindo a cabeça, rendeu-se à alegria de Anna.

— Quem tem que gostar sou eu! — retrucou Isabela.

— Ainda sou a mama desta casa. Quero seu bem — comentou Anna, atropelando-se com as palavras.

— Fazer o quê? Adianta dizer que desaprovo o excesso de zelo. A curiosidade pode colocá-la, em algum momento, em maus lençóis.

Por um momento, sobreveio o silêncio.

— Como foram as vendas hoje? — perguntou, estrategicamente, enquanto Isabela recolhia os pratos.

A cada dia, as floristas se multiplicavam no mercado público, tornando laboriosa a tentativa de comercializar as flores, tendo que vendê-las por um valor irrisório, ou perdê-las com a concorrência desleal. Naquela manhã, tinha conseguido vender apenas um ramalhete a um senhor. Trouxe, praticamente, tudo para casa, significando prejuízo, pois as flores acabavam murchando ao caminhar no sol. Insuficientes ganhos para manter o jardim, o ofício começava a dar prejuízo. Lembrou-se da oferta de trabalho feita pelo doutor Bartolomeu. À noite, ao encostar a cabeça no travesseiro, perdeu o sono, pensando na possibilidade. A temperatura agradável ajudava a dormir, se não fosse o cachorro do vizinho, que latia insistente, quando não uivava. Desconfortável com a indesejável sinfonia de uivos que se formou em torno, levantou-se da cama, abrindo a janela. O cão silenciou, alguém o havia feito parar. A vizinhança agradecia, as reclamações eram frequentes. O dono desalmado havia viajado e o abandonado à própria sorte. Se não fosse a vizinha benfazeja, o animal teria sucumbido à fome e à sede.

Ao voltar para cama, Isabela pensou em Guido, divagou. A imaginação corria solta até pontuá-la com um veredicto: sem chances. Aquietou o coração e passou a pensar na possibilidade de um novo trabalho. Talvez a resposta que vinha pedindo nas orações diárias. A oportunidade de trabalho responderia às inquietudes.

Amanhecia, Isabela acordou com olheiras após uma noite maldormida. Ao invés de ir ao mercado vender flores, cuidaria do jardim, atividade que costumava fazer à tarde. Anna preocupou-se, lembrando do conselho do doutor Bartolomeu e da oferta de trabalho.

Enquanto fazia as mudas de flores, Anna aproximou-se,

perguntando sobre a proposta de trabalho. Silenciou antes de responder. Anna fixou, atenta, os olhos na expressão facial de Isabela, escondida sobre as longas madeixas castanhas, que reagindo, levantou a cabeça, olhando para Anna.

— Pensei bastante sobre o assunto e resolvi aceitar, por hora, o trabalho.

Anna levou as mãos ao peito e num gesto de imprecação aos céus, beijou a medalha de Nossa Senhora das Dores pendurada no pescoço.

Isabela deu uma trégua à conversa, continuou plantando flores, enquanto Anna a observava trabalhar sentada em uma pedra, embaixo da sombra da amoreira, apertando os olhos miúdos. A claridade incomodava, quase não conseguia mantê-los abertos. Ali permaneceu por alguns minutos. A mudança de ofício, nos primeiros tempos, seria difícil, tudo que sabia era lidar com jardins.

Ao terminar de plantar algumas mudas de flores, recolheu-se, e foi tomar banho. Abriu o guarda-roupa e pegou o melhor vestido, um tubinho preto. Prendeu os cabelos, passou um pouco de pó de arroz no rosto. Anna apareceu na porta do quarto com uma xícara nas mãos, sorvendo, lentamente, o chá, como de hábito.

Apanhou a bolsa pendurada no velho cabideiro de madeira, dando mais uma olhada no espelho antes de sair. Os olhos azuis profundos brilhavam na expectativa.

Anna acompanhou até o portão e deu um abraço. Isabela a beijou na testa. Sem falar nada, seguiu rumo à avenida Eleanor Roosevelt onde tomou o bonde. Desembarcou quase em frente ao consultório. Bateu na porta duas vezes, as mãos frias transpiravam. Uma senhora, grisalha e carrancuda, atendeu a porta. Um pouco sem graça, porém convicta, respondeu que a vaga foi preenchida.

A mulher não parecia ser o tipo de pessoa que Bartolomeu contrataria. Tinha uma péssima aparência e não era simpática. A mulher fechou a porta rispidamente na cara de Isabela, que deu de ombros. Cabisbaixa, deu meia-volta, pegando o bonde para casa. Cochilava, e uma vizinha a reconheceu, avisando-a da proximidade do desembarque.

— Obrigada, dona Clotilde!

Isabela levantou-se e o motorneiro parou.

Ao chegar à Rua das Flores, dirigiu-se à cafeteria. Ariovaldo ao vê-la, exclamou atônito:

— O que estou vendo... — Pasmo, colocou a mão na boca. — Isabela estás formosa! — Ensaiando um tom de voz galante.

— Obrigada, seu Ariovaldo! — respondeu Isabela.

— Esse semblante não combina com você.

Isabela aquietou-se, limitou-se a um breve esboço de sorriso. Escolheu uma mesa, repousou a pequena bolsa em cima da cadeira. Guido apareceu, surpreso, ao mesmo tempo, lisonjeado, a elegância de Isabela poderia ter sido motivada, encantou-se boquiaberto.

— O dia está especialmente belo com tua presença — falou Guido com alvissareiro olhar.

— Obrigada, mas não exagere — respondeu Isabela com um fio de voz rouca.

— Sem exageros, uma surpresa maravilhosa numa manhã ensolarada como a de hoje — insistiu Guido no galanteio.

Guido, debruçado no balcão, suspirava. Ariovaldo cutucava, sussurrando ao pé do ouvido:

— Não a incomode com paparicos — ordenou Ariovaldo, fechando o tempo com Guido. — Isabela, o que gostaria de beber?

— perguntou Ariovaldo.

— Um café, o mesmo de sempre — respondeu sem delongas.

Guido serviu o café com especiarias. Isabela sorvia, gole a gole, olhando pela janela o movimento da rua. Ao terminar, despediu-se em seguida.

No caminho, admirou os jardins da vizinhança, perguntando-se se seriam as flores seu destino. As vizinhas a cumprimentam, ávidas por conversar, limitando-se ao aceno. Caminhava em passadas largas, desacelerando no portão de casa. O coração batia disparado, surpreendida por Alma correndo atrás de Ébano. Quase se bateram, uma colisão de corpos em estado de distração.

— Desculpas — disse Isabela.

— Eu é que devo desculpas, por toda a correria, às cegas, atrás do bichano teimoso.

— Ébano continua aprontando — falou, sorrindo.

— Característica peculiar dos felinos — respondeu com Ébano em seus braços, enquanto fazia cafuné no pescoço, e o bichano entregava-se ao afago.

— Tem personalidade. Sei bem como é, tenho uma em casa, Ximbica.

— Eu me chamo Alma e você deve ser Isabela, filha da Anna.

— A própria. Sejas bem-vinda à Rua das Flores! Quando precisares, estou à disposição.

— Obrigada! — agradeceu Alma.

— Estou atrasada, até mais, Alma. — Olhando no relógio, Isabela despediu-se.

— Arrivederci! — respondeu Alma à italiana.

Admirou-se com a espontaneidade da moça. Tinha algo diferente em seu olhar, nos modos de ser. Uma pessoa doce, um tanto incomum, transmitia uma sensação agradável de paz.

Ao chegar em casa, contou a Anna o ocorrido. Procurou esconder a frustração. Em algum momento, por certo, encontraria seu Norte. Isabela repousou a cabeça no colo maternal, enquanto Anna afagou seus cabelos. Um profundo suspiro, sufoco exaurido do peito.

***

Anoiteceu e Guido foi à casa de Isabela. Ao chegar, bateu palmas. Graciosamente, Ximbica apareceu e o acompanhou, atropelando os passos. Fitou o moço de olhar cândido e ronronou entre as pernas, ficando desconcertado na presença de Isabela. Atrapalhado, entregou-lhe uma rosa vermelha. Inspirou profundamente o perfume da bela flor recém-colhida.

— Obrigada, Guido! Por favor, entre — disse Isabela, um pouco reticente.

Guido, ao contrário, inebriou-se pelos encantos da moça dos olhos azuis. De vez em quando, Isabela, inevitavelmente, metia-se em confusões sentimentais. Desejava engavetar algumas das manias das quais não conseguia livrar-se e que incomodavam, tornando-se desastrosas em sua vida. Era apenas uma moça descompromissada com o sentimento alheio. Naquele momento, sentia-se um monstro. Mas voilà sobreviver na selva psicológica, sem atormentar-se. Manual de sobrevivência, por onde começar, pensou Isabela.

Ele a fitou por alguns instantes, como se quisesse dizer algo. Encabulado, Isabela tomou as rédeas da situação. Pegou na mão de

Guido e o levou até o jardim. Surpreso com a atitude e com o que viu. Inegavelmente, ela tinha dom para lidar com jardim, especialmente, com as flores. Era o canteiro mais colorido e encantador já visto.

— Nem imaginava o quanto tinha cultivado aqui. Parecia pouco espaço — comentou, divagando.

— Faço milagres. Desde pequena, faço isso, aprendi com meu babo. Hoje sou jardineira, quase querendo parar.

— Parar? Como assim? Não podes parar, assim, de repente? — perguntou desapontado, enquanto ela confidenciou as dificuldades dos últimos meses.

— A concorrência aumenta a cada dia, e o ganho é insuficiente para manter as despesas, tampouco, abrir uma floricultura no mercado municipal, que seria o ideal — desabafou Isabela.

— Entendo — respondeu Guido. — Quem sabe possas mais adiante conquistar esse sonho. Invista a longo prazo!

— As vendas caíram, e divido espaço com os concorrentes, às vezes, desleais.

Guido imaginou que poderia ter em vista outra atividade. Voluntariosa, evitaria o derrotismo.

— O que pensas fazer?

— Além de florista? — perguntou sem resposta imediata. — Desde cedo, gosto de trabalhar e ganhar dinheiro. Ficar em casa às expensas de marido é uma ideia que nunca agradou.

Imediatamente, Guido congelou e a olhou de soslaio, imaginando uma mulher com fogo nas ventas.

— Parece decidida mesmo! — exclamou Guido.

— Fui criada por pessoas decididas. Apenas dando continuidade à sucessão de valores de família.

— Minha mãe ajudava meu pai na roça no interior do Paraná, tempos difíceis, pobre de tudo. Compraram terras, construíram a casa, criaram os filhos e nos deram sempre o que comer dos frutos da terra e da criação. Tínhamos fartura em casa, nunca faltou nada.

— Os homens têm ideias retrógadas e machistas, pensam que mulher tem que ficar atrás de um fogão e servi-lo. Ser um bibelô, evitando o exercício do raciocínio lógico e limitadas na divisa entre o quintal e a rua. Não é assim?

— É, mas discordo, penso que a mulher deve ter liberdade para buscar trabalho, se a deixa feliz — respondeu Guido instantaneamente.

Ao escutar a resposta, Isabela esboçou um leve sorriso.

— Fico feliz em saber — respondeu Isabela, acolhendo de bom agrado a inusitada colocação.

— É incomum os homens aceitarem que a mulher trabalhe fora.

A conversa tinha ido longe, seguida por exemplos de heroínas e citações de autores de expressão. Isabela sentiu a aragem gélida caindo despercebida, resfriando seu rosto. A brisa soprava, fazendo tilintar os enfeites de conchas pendurados na varanda, de onde ouvia-se Armstrong tocando sax, uma palhinha a quem contemplasse boa música, preparava-se para tocar no Bar La Torre, na esquina de casa.

Os lampiões acendiam-se, iluminando parcamente a rua inquieta pelas conversas cruzadas nos avarandados. A família reunia-se nos finais de tarde, recolhendo-se cedo quando fazia frio. Muitas vezes, sentavam no avarandado, observando o movimento da rua, entre uma e outra conversa de linguajar atrapalhado. Alguns meninos jogavam bola, sempre com algo diferente para compartilhar uns com os outros: guloseimas, figurinhas, bolas de gude, confidências amorosas e escaramuças de colégio.

Ao ouvir o sax, Guido recostou-se na parede da casa, escutando encantado, fazendo trejeitos engraçados. No ímpeto, fugiu-lhe a timidez, tomou Isabela pelas mãos e começou a dançar. Rodopiou, como estivesse no salão, deixando-a sem fôlego. Quando pararam de dançar, Anna, que assistia pela janela, aplaudiu. Guido fez uma reverência, agradecendo. Há muito não dançava, e sentia falta desse momento de descontração, como nos tempos do ginasial.

Anna caprichou na preparação e num jantar típico italiano, macarrão ao molho bolonhês que, de antemão soubera, era o prato preferido do rapaz. Sem cerimônias, Guido adentrou na acanhada sala, com alguns poucos móveis, duas poltronas de veludo bordô e um sofá, surrados pelo tempo.

Isabela o conduziu até a porta do lavatório. Em seguida, apurou-se na cozinha, preparou um drink, conhaque Dreyer, produzido na cidade de Bento Gonçalves, no Rio Grande do Sul, onde moravam patrícios italianos, amigos de Anna. Gentilmente, quando a visitavam, traziam um souvenir alcoólico, por sinal, apreciado pelas visitas.

O jantar animado ficou por conta de Anna, que depois de beber um pouco mais do que o costume, contou as peripécias da grande família, as ladainhas particulares. De vez em quando, Isabela impunha-se com o olhar, e Anna desconversava com assuntos pitorescos do dia a dia.

Após o lauto e saboroso jantar, Isabela serviu de sobremesa pastéis de Santa Clara. Enquanto saboreavam, conversavam sobre a cultura do vinho. Guido demostrou interesse pela plantação de vinhedos na cidade de São Roque, interior de São Paulo, onde era produzido o vinho artesanal. Anna compartilhou um pouco da história da origem do cultivo da uva e da produção de vinho, quando surgiram os primeiros povoados naquela região em meados do século XVII, contada segundo os patriotas anciões que moravam no Brasil. Antigamente, os vinhedos eram plantados nas encostas de morros por imigrantes portugueses e italianos, quando construíram adegas, aproveitando o terreno irregular para produção.

Escutando atento, Guido fez uma observação pertinente.

— Possuímos terrenos improdutivos aqui mesmo na cidade, que não passam de charnecas, onde crescem ervas daninhas. Hoje quando conheci o jardim de Isabela, fiquei encantado com o aproveitamento do solo em espaço pequeno. Admiro quem o faça, aproveitando o solo, plantando hortaliças, frutas, flores ou árvores.

Isabela, que até então ouvia a conversa dos dois, ressaltou:

— Costumamos valorizar tudo o que temos, e investir para que retorne para o próprio consumo. Além das flores que comercializamos, ainda sobra um espaço para o cultivo de algumas hortaliças. Plantamos e colhemos o próprio alimento, isso tem seu valor.

O cuco avisou, 22h. Guido ajeitou o casaco de veludo preto, nas mãos, a boina. Sem delongas, despediu-se de Anna, que o acompanhou até porta.

Caía uma garoa fria, tocada a vento. Isabela apanhou um dos guarda-chuva que ficava guardado no hall de entrada de casa, evitando um provável resfriado no dia seguinte. Agradecido, convidou-a para ir à matinê no final de semana, assistir ao filme Casa Blanca.

Ao despedirem-se, beijou a mão de Isabela.

— Obrigado pelo jantar e companhia agradável — disse Guido, sorrindo, abrindo o guarda-chuva.

Retornou à cafeteria onde a cama o esperava para o descanso dos justos. Custou a dormir, virando de um lado para outro, pensando na possibilidade de um compromisso sério com Isabela, ao mesmo tempo, indagava-se. O tempo diria.

***

No fim de semana, choveu bastante, fazendo-os desistir de ir à matinê. Guido trabalhou exaustivamente na cafeteria, enquanto Isabela ajudou Anna com as costuras. Nos dias que seguiram, os dois não se viram, e o entusiasmo de Isabela acabou escapulindo na carona de uma névoa soturna.

Despontava no horizonte, majestosamente, o sol, alegrando a paisagem cinzenta graças ao solstício de inverno de 1946, manhã de julho. Algumas árvores desfolhadas, entre outras, resistiam às baixas temperaturas. E as narinas, de olfato apurado, sentiam a fragrância deliciosa das gardênias debutando nos jardins.

Mais uma vez, Isabela retornava do mercado com a cesta quase cheia. Vendeu alguns ramalhetes na vizinhança, combalida pelas infrutíferas tentativas. Com a chegada do inverno, as vendas caíram.

Ao subir a escada da casa onde ficava a pensão da dona Flor, Isabela encontrou o doutor Bartolomeu. Comentou com ela a necessidade de contratar uma secretária para o consultório.

— Conheces alguém que possas indicar? — perguntou Bartolomeu.

— Sim, conheço — respondeu Isabela sem reservas.

— Eu a conheço?

— Estás na frente dela.

Bartolomeu, boquiaberto, deu um passo para trás.

— E as flores?

— Infelizmente, estão me causando prejuízo. No momento, talvez, a melhor decisão seja mudar de ofício, nem que temporariamente.

— Lamento, talvez o teu infortúnio possa me ajudar — respondeu com ar de contentamento. — Tenho várias atividades em atraso. Anotações a serem datilografadas, prontuários e fichas dos pacientes a serem organizados. Enfim, prepare-se! Penso na possibilidade de comprar uma sala, a clientela tem aumentado consideravelmente.

— Talvez seja a solução.

— Preciso de alguém com iniciativa e acredito que encontrei — disse Bartolomeu com um brilho nos olhos. — Se cuidares do consultório como cuida das flores, serei um afortunado.

Isabela esboçou um sorriso desajeitado.

— Amanhã, às 9h, estejas no consultório.

— Estarei lá — confirmou Isabela.

— Fico lisonjeado pela escolha. Até mais, Isabela! — despediu-se, olhando o relógio.

Bartolomeu saiu apressadamente, esgueirando-se das pessoas. Na esquina, embarcou em um táxi que passava naquele momento, dirigindo-se para o hospital. Mais tarde, foi avisado que um dos pacientes, um rapaz de 18 anos, vitimado por doença degenerativa, tinha falecido. Irresoluto, acabou na mesa do bar La Torre. Um capricho de doutorzinho atordoado, entregou-se ao absinto.

Isabela chegou em casa saltitando e, ao ver Anna, abraçou-a, contando-lhe a novidade. Um motivo para comemorar. Ah...

coisas de italiano!

À tarde, foi ao Café. Nos últimos dias, esteve sem notícias de Guido. Soube que a mãe estava acamada e desejava visitá-la. Como Ariovaldo ficaria sem ele? Talvez não aceitasse, Guido tinha receio de falar, precisava muito do emprego. A contragosto, tratando-se de uma questão de saúde, permitiu a viagem.

Atrapalhado com a clientela, Ariovaldo não via outra saída, a não ser pedir ao namorado da filha, Lupicínio, ajuda nos dias de folga. Lupi ficou deveras contrariado. Contudo, ao contrário do que imaginava, acabou gostando, pois fazia novas amizades. Maria José desaprovou a ideia, pois envolveu-se com uma mulher madura e rica. Desfilava em uma Mercedes, convidando-o para passear. Ariovaldo acalmava os ânimos da filha, enquanto também, com mão de ferro, segurava os ímpetos sexuais do rapaz.

Lupicínio tentou argumentar em vão.

— Seu Ariovaldo, entenda...

Ariovaldo olhando de soslaio, alfinetou o rapaz, interrompendo-o.

— Pois, pois. Entendo, sim, que tens um compromisso com Maria José. Não quero ver nossa filha triste, choramingando pelos cantos.

Contrariado, porém controlado, acabou desistindo de ajudar Ariovaldo. Ele impôs a continuidade por mais uma semana. Lupi suspirou profundamente, contou um, dois, três para não mandar a família inteira às favas. Inevitavelmente, teria que fazer uma escolha. E não seria Maria José, o ciúme doentio o sufocava. Considerava-se um homem do mundo, e levava consigo a convicção. Quem é do mundo, não é de ninguém. E ao lado de Maria José, via a servidão marital, bancando os mimos de uma moça mal resolvida. Aos poucos, teria que preparar o terreno para a intempestiva partida.

Ariovaldo comentou com Agustina sobre o namoro de Maria José com Lupi, que estaria por um triz. E a culpa seria de Agustina, por não ter permitido que a filha fosse uma cantora de fados. Agora teria que contentar-se em ser balconista de cafeteria, à espera de um casamento falido antes de começar, com um estudante de medicina que ambicionava liberdade para voar. Não podia ver um rabo de saia, queria ir atrás. Como Maria José poderia ser feliz ao lado de Lupi? E por qual motivo ela não permitiu a felicidade de Maria José? Agustina insistia que a felicidade dela é o Lupi, casar-se com ele. Ariovaldo perdeu as estribeiras. E por demais bravo, foi para o quintal espairecer e sentou no banco de madeira, embaixo da videira. Suspirou e inspirou profundamente. Apanhou o maço de cigarros, que trazia no bolso esquerdo, vazio. Impaciente, levantou-se, voltando à sala com o intento de terminar a controvertida conversa.

Agustina recostou-se no sofá, descansando as pernas. Havia indício preocupante de início de trombose. Enquanto bordava, desatenta da periferia à volta, ouviu uma pancada. Ariovaldo entrou, dando um safanão na porta, jogou o corpo obeso em outro sofá, de frente para Agustina. Ela segurou-se para não rir e olhou por cima dos óculos que lhe pesavam o nariz.

Enrubescido, Ariovaldo questionou Agustina.

— Casar? Para ser infeliz e bater em nossa porta com meia dúzia de filhos, desleixada e histérica porque o marido foi embora com outra? Não é o que desejo para nossa Maria José. Tem lá seus desvarios, mas é filha.

Agustina escutava, assustada com os trejeitos agressivos, não lembrando de tê-lo visto tão descontrolado antes.

— Todos os pais sonham em casar bem os filhos. É natural!

Ariovaldo revidou, com os olhos apertados, tentou esquivar-se de uma lágrima traiçoeira. Sentimento de proteção frustrado misturado com cólera:

— O meu sonho é Maria José feliz. E o que vejo? Não sou cego, e tampouco um ingênuo. O pior cego é aquele que não quer ver. Lupi não a ama e não demonstra interesse em ficar com ela. É melhor dar a alforria ao rapaz, antes que seja tarde.

Agustina surpreendeu-se com as palavras do marido, e sem pensar, pôs as cartas na mesa:

— Talvez não tenhas percebido, nossa filha e Lupi dormem juntos.

Ariovaldo, nenhum pouco surpreso:

— Ela consentiu porque quis — respondeu Ariovaldo, sem paciência com tom de voz agressivo.

— Quem vai querer casar-se com Maria José? — perguntou Agustina em tom histérico.

Ariovaldo, ligeiramente, percebeu o descontrole de Agustina, fez um insistente sinal com o dedo, pedindo para falar baixo.

— Preocupada por não ser mais virgem? Estou preocupado com a felicidade dela — indagou indignado.

Ariovaldo respondeu pontualmente a Agustina, sem importar-se com as tantas indagações.

— Maria José é uma mulher. Não vou obrigá-la a um namoro imposto por convicções moralistas, digamos de passagem, hipócritas, em que o pretendente a marido deseja fugir.

— Pensei que tivesse convicções moralistas.

— A hipocrisia incomoda bastante. Longe de ser um libertino, mas o acontecido é um fato que não tem remédio, então remediado está, compreende.

Agustina ficou sem chão.

Convicto que Lupicínio não a faria feliz, via naquele moço uma conspiração contra o casamento. Seria insensato colocá-lo contra a parede. O tempo se encarregaria da verdade.

Alguns dias depois, Lupicínio e Maria José quebraram os pratos da pretensa felicidade. Ela desmanchou-se em lágrimas e Lupi tripudiou a falta de amor-próprio quando, em um ato de desespero, Maria José se jogou aos seus pés, implorando. Irredutível quanto à decisão que tomou, saiu em silêncio, sem que ninguém soubesse do paradeiro.

Maria José ficou desolada, caindo de cama. Rosa, a quituteira, costumava ajudar Agustina na cozinha, foi chamada para assumir o balcão, até Maria José restabelecer a saúde.

***

Rosa, uma mulher bonachona, aparentava uns 50 anos. Surrada pelo sol e pela vida, trabalhava desde os 8 anos de idade, ajudando os pais na roça, passando por privações famélicas. Na infância, o padrinho, que morava na cidade, conhecido por Amâncio das mulas, foi visitá-los, e Rosa, descontente com a vida que levava, escondeu-se na carroça do padrinho, que acabou levando-a dali. Quando descobriu o feito da menina, decidiu levá-la de volta à casa dos pais. Desesperada, ela fugiu embrenhando-se no mato, aparecendo dias depois, magra, pálida e sem forças. O padrinho e a madrinha, Anita, sem filhos, decidiram adotá-la. Rosa aprendeu a fazer doces e salgados com Anita, conhecida como prestimosa quituteira. Não se casou, e os padrinhos, com idade avançada, faleceram, e Rosa herdou a casa em que moravam.

Na cozinha, ouviu-se um estrondo. Agustina, acotovelada no balcão da cafeteria, levou um susto, deixando-a atordoada, com o barulho parecendo de louças remessadas ao chão. Saiu, às pressas, para ver o que tinha acontecido, e encontrou a cristaleira caída sob a perna de Rosa.

Estupefata, Agustina colocou as mãos na cabeça:

— Valha-me, Deus! O que houve por aqui?

Ariovaldo fumava um charuto quando ouviu um grito, parecia ser Agustina. Apagou o charuto no cinzeiro. Assustado, atropelou cadeiras, em direção à cozinha, caminhando sôfrego, não conseguindo andar rápido.

— Pelas barbas de Netuno! O que aconteceu aqui? — perguntou Ariovaldo pasmo com aquela bagunça. Rosa caída, o armário por cima da perna e louças quebradas e esparramadas pelo chão da cozinha.

Rosa, em estado de choque, não conseguia falar. Os olhos esbugalhados, uma expressão de dor e horror.

Ariovaldo ergueu o armário, ajudando Rosa a levantar-se. Sofreu apenas alguns arranhões, nada sério. Agustina preparou água com açúcar e deu a Rosa. Com as mãos trêmulas, bebeu num gole só. Ao ver as louças quebradas, Agustina decaiu o olhar, aliviada por sua louça portuguesa estar intacta.

Ao procurar os pequenos óculos trincados, Rosa bateu a cabeça na quina da mesa. Zonza, revirou os olhos, antes de desmaiar. Agustina a conduziu pelas mãos até o jardim, para tomar a fresca da tarde.

***

Passaram-se duas semanas, os ares eram outros. Céu de brigadeiro com esparsas nuvens como flocos de algodão suspensos. O vento sul soprava, fazendo-se sentir, anunciando dias de invernia. Acabrunhado, o sol apareceu, afugentando a baixa temperatura, dando uma sutil corzinha à palidez das bochechas. As crianças pulavam frenéticas, quebrando a monotonia dos dias sombrios.

No consultório, Isabela assumiu várias atividades, inclusive a papeleta burocrática hospitalar, tornando-se o braço direito de Bartolomeu. A cada dia, deslumbrava-se com a medicina. Muitas vezes, distraía com as horas, saindo ao anoitecer do consultório.

Ao guardar os remédios na cristaleira de vidro, Isabela repetia a rotina peculiarmente familiar. Bartolomeu passou a observá-la, ao manusear os remédios, classificando-os. Ao sentir-se observada, perdia-se na contagem, reiniciando algumas vezes. Sem piedade, ele repetia com certa regularidade, tornando-se um hábito.

Concentrada, Isabela ergueu a sobrancelha, uma expressão de eureca.

— Doutor, essa é a medicação que tanto aguardavas?

— A própria. Aguardei ansioso a vinda dos Estados Unidos — respondeu alegre.

— Para que fim se reserva?

— Dores em geral, é um derivado da morfina.

Uma pausa em silêncio, e logo após, um comentário.

— Observei a facilidade que tens com o manuseio das medicações, consegue distingui-las, separá-las de acordo com a finalidade, sem contar no conhecimento que tem demonstrado, tem sido providencial.

Isabela enrubesceu.

— Leio a respeito nas revistas que o doutor deixa no revisteiro. Antes tinha pavor das agulhas, agora não mais.

Os dois riram.

Bartolomeu desfez o sorriso, e por alguns instantes, distraiu-se além das cortinas arreadas da janela. Ao regressar do flerte alheio, fitou Isabela, e sem rodeios, fez-lhe uma pergunta um tanto inusitada.

— Em algum momento, chegou a pensar em estudar medicina?

Estarrecida, emudeceu. Nunca pensou em tal possibilidade, até mesmo porque a medicina era uma profissão para poucos abonados.

— Estou madura demais para retornar à classe...

— Ouça bem, a pergunta foi outra. Evite colocar como empecilho a idade, ao contrário, nos ajuda a compreender com discernimento o mundo ao redor. Posso te ajudar, claro, se quiseres. Pense, apenas. Em outro momento, conversamos.

— Tentadora proposta, prometo pensar — respondeu Isabela.

— Tem tempo, mas não muito.

Pontualmente, naquele dia, às 17h, Isabela apanhou sua bolsa e saiu deixando alguns papéis sobre a mesa. Na rua, uma bruma levemente gélida, retrato paulistano do tempo. Isabela trazia nos braços alguns livros e a bolsa a tira colo. Ao sair, Bartolomeu apressou-se em alcançá-la, colocando gentilmente a capa de chuva sobre seus ombros. Ela agradeceu, abrindo o guarda-chuva, e se adiantou para tomar o bonde.

A cada dia, Isabela se afeiçoava mais às gentilezas de Bartolomeu. Os fios de cabelos brancos, ainda escassos, davam-lhe um charme incomum. Arguto observador, sabia dosar as palavras e reprimir emoções em alguns momentos que se fizessem necessário.

Ao descer do trem, na esquina de casa, o tempo dava sinal de boas-vindas. No fim da rua, um arco-íris apareceu no céu. As crianças saíram de casa para brincar de roda, vibravam com o arco-íris colorido, apontando com o dedo miúdo e ligeiro, contando as cores. Libertaram gostosas gargalhadas, enquanto corriam, espertas, entre as árvores, brincando de pega-pega. Entre elas, Maria Cristina, uma princesinha de 5 anos de idade, de olhos azuis e cabelos trançados. Ficava observando as crianças mais velhas correndo, à medida que comia pipocas. Entre uma e outra mastigada, um meigo sorriso digno de uma tela de Renoir. Criaturinha graciosa, parecia um anjinho, quase, barroco. E de vez em quando, soluçava de tanto gargalhar com as peripécias de João Antônio, segurando as calças, e com a ponta da língua para fora da boca. Ele chutava a bola, furtando-a dos outros meninos. Corriam atrás dele, até ficar em maus lençóis, chutando a bola para o alto, a meninada corria. A algazarra geralmente terminava com alguém chorando, mancando ou vítima de uma bolada.

***

Isabela atravessou a rua e ao passar pela cafeteria de Ariovaldo, avistou Guido atendendo no balcão. Ele acenou na expectativa de dois dedos de prosa. Em direção à sua casa, Isabela caminhava cabisbaixa. Guido acompanhou-a com os olhos e, imediatamente, ausentou-se do balcão.

Após o retorno da viagem de Guido, Isabela soube da melhora do estado de saúde da mãe, apenas um susto que o velho coração pregou. Retornou tranquilo, deixando-a à mercê da saudade e aos cuidados da família.

Ao retornar, Guido confrontou-se com um problema, a

saúde de Maria José. Impossibilitada de trabalhar e ainda acamada. Guido assumiu, sozinho, o balcão da cafeteria. Bartolomeu solicitou que Maria José fizesse repouso, a saúde emocional abalada foi um motivo, e o outro, gigantesco, deixaria a família em polvorosa: a gravidez.

Maria José teve uma crise nervosa, chorava pelos cotovelos, chamando por Agustina. Guido preparou-lhe um chá. Ao entrar no quarto, vendo-a chorar, desconsolada, pegou em sua mão. Envolvido, ao vê-la tão frágil, assumiu a paternidade do nascituro. Lupicínio partiu, deixando em seu ventre uma lembrança. Guido tomou-lhe as dores, ela tocou seu coração sulista. Preenchia as expectativas amorosas truncadas, estando ela apaixonada por outro, e ele por outra mulher. Sentia-se seguro, ao contrário em relação a Isabela. Pouco tempo depois, assumiram uma aliança. Ariovaldo e Agustina sabiam que ali estaria o remédio para solucionar os dilemas.

Isabela refletiu sobre o acontecido com Maria José e o envolvimento de Guido. Lupi não seria o homem da vida dela, e o tempo sinalizou. Estava feliz por eles, afinal, não é todo dia que se encontra um pai para um filho bastardo.

Na Rua das Flores, os rumores da vizinhança alternavam-se entre muitas vozes falando ao mesmo tempo, gritaria, onde nada se entendia, e música. Naquele dia, especialmente divertido, alguém cantava a tarantela.

Ao passar pela pensão, encontrou Flor varrendo o pátio. Distraída, cantarolava, surpreendida pelo cumprimento de Isabela. Flor levantou o rosto, secando o suor com o avental. Percebeu Isabela, sorriu, abanando-se encalorada.

— Menina Isabela! — Respirou fundo. — Preciso cuidar do jardim, não sei por onde começar. Podes me orientar?

— Deixei de trabalhar com jardinagem, mas posso ajudá-la. Pode ser sábado? — perguntou empolgada.

— Perfeito! — corroída pela curiosidade, Flor especulou: — Conseguiu outro trabalho?

— Sim, no consultório do doutor Bartolomeu — respondeu. — E o que desejas plantar?

— Talvez gerânios.

— No sábado venho pela manhã.

— Vou esperá-la! — respondeu alegremente Flor, acenando.

Isabela saiu a passos largos para chegar em casa. Sentia o cansaço entranhando os ossos, desejava naquele momento calçar os chinelos de pelúcia e jogar-se confortavelmente no sofá.

Flor, de origem portuguesa, na casa dos 50 anos, tinha os cabelos negros, com alguns fios discretamente grisalhos, na altura dos ombros, costumava prendê-los fazendo um coque. Os olhos miúdos e negros contrastavam com a pele alva e as bochechas rosadas. Obesa, tinha dificuldade de realizar as tarefas diárias. Era comum encontrá-la numa poltrona com as pernas esticadas. Sofria com hipertensão e varizes. Era uma pessoa de poucos amigos, a vida social empobrecida, contentando-se em ouvir as novelas pelo rádio, dando-se ao luxo de sonhar com um pretendente. Enquanto deliciava-se assistindo as cenas tórridas de amor, comia compulsivamente doces.

Herdou a pensão de um desconhecido, antiga no gueto de imigrantes. Ninguém sabia contar exatamente a história de Flor. Chegou na Rua das Flores ainda jovem. Trabalhou na indústria de tecidos e, anos depois, recebeu, de um velho português, a pensão como dote. Ninguém soubera a identidade desse homem. Deduziam os mais antigos, talvez, um tio. Era solteiro e não tinha filhos. Flor morou ali desde a vinda do interior de São Paulo aos 17 anos. Uma velha senhoria, vizinha no gueto, e falecida, contava que Flor foi expulsa de casa pelo pai. Desconheciam o motivo pelo qual isso teria acontecido. Na época, era comum o pai expulsar a filha de casa quando engravidava ou perdia a virgindade, sinônimo de desonra. Muitas acabavam indo para a cidade grande, onde trabalhavam em bordéis ou empregavam-se em casa de família, muitas vezes, exploradas, recebendo um acanhado salário, quando não abusadas sexualmente por seus patrões, submetendo-se em troca de um prato de comida. Muitas vezes, dessas relações sexuais clandestinas, nasciam filhos bastardos.

Flor abriu o portão de entrada para varrer a calçada, quase foi atropelada por uma bicicleta. Era alambique, apelido de Paco, um solteirão barbudo, cinquentão, que costumava andar alcoolizado, pregando susto pelas ruas do bairro, em cima da companheira inseparável. Bamboleando a magrela, gostava de assustar, levantava o boné xadrez, com um sorriso enfadonho nos lábios, exclamava, quase ao pé do ouvido, gritando:

— Arrivederci!

Flor ficava uma jaguatirica de brava, sapateando no lugar, fazendo as meias três quartos de nylon escorregarem joelho abaixo. Enfurecida, levantava a vassoura para bater nele. Frustrada tentativa, alambique fugia, gargalhando de Flor. Enquanto isso, ela gritava.

— Traste destrambelhado! Volta aqui, vou te fazer sentir o peso da vassoura nesta carcaça fedida! Covarde!

Com os ânimos exauridos de tanto esbravejar, recolheu-se, resmungando baixinho, puxando as meias até os joelhos.

***

Isabela chegou em casa, empurrou o velho portão. Encontrou Ximbica deitada sobre a grama, com preguiça. Habitualmente vinha recebê-la, ronronando entre as pernas. Anna aguardava na varanda de casa, costurando um avental. Entre um ponto e outro, uma cochilada, a temperatura agradável, o sono insistia em fazer companhia, até espetar o dedo. Isabela aproximou-se de Anna, deu-lhe um beijo estalado na face. Anna levantou-se do banco, tateando a agulha perdida. Entraram na cozinha sombria, e Anna foi até o armário apanhar pó para o café. Meia hora depois, o café foi posto à mesa. Isabela saiu do banho com a toalha enrolada na cabeça, faminta.

Sem disposição a alongar-se na conversa, Isabela bocejava, queria dormir cedo. Anna perguntou sobre seu dia, sendo breve com as palavras.

— Tenho cuidado dos assuntos administrativos do hospital. Além disso, o doutor pretende catalogar as enfermidades.

— Como assim? — perguntou Anna, arqueando as minúsculas sobrancelhas.

— Quer aprofundar-se nas enfermidades que vem tratando.

— Gostas de trabalhar com ele?

Antes de responder, ficou um tempo em silêncio.

— Estou até ousando pensar... em cursar medicina.

— Fazer faculdade é algo dispendioso — respondeu Anna.

— Ele falou que custearia meus estudos. Estou pensando na possibilidade de aceitar.

— Assim do nada, pagar a faculdade? — perguntou Anna. — Em momento algum fomos próximos para explicar tamanha bondade.

Elas se entreolham.

— Prontificou-se a ajudar-me, acredita na vocação para medicina.

— Vocação, é... pode ser — respondeu Anna, balançando a cabeça afirmativamente.

— Quem sabe seja uma boa oportunidade.

— É o que desejas? Então, siga em frente, não serei eu quem dirá que não. Fique atenta, esmola demais até o santo desconfia.

O silêncio inquiridor pairou na sala.

Remoendo as impressões sobre a proposta do médico, Anna recolheu as xícaras da mesa e apagou as luzes.

Anna acordou mais cedo que o habitual, os galhos do limoeiro batiam na janela. Indisposta, preparou o café. Em seguida, Isabela apareceu na cozinha.

— Bom dia, mama! Acordaste cedo hoje, por quê? — perguntou Isabela carrancuda ao vê-la passando o café.

— O galho do velho limoeiro bateu na minha janela a noite inteira com a ventania.

— Deveria tê-lo cortado, prometo resolver ainda hoje. Parece cansada, impressão minha?

— Nada demais. É passageiro.

— Quer um chá? — indagou Isabela.

— Obrigada, querida! Não se incomode — respondeu Anna, esboçando um sorriso, segurando a mão de Isabela sentada à mesa.

Bebericou o café, quase frio, e comeu broa. O ar fresco matinal fazia a cortina, de percal xadrez, levitar naquela manhã ensolarada. Depois da chuva, um belo dia de sol, revigorando os ânimos dos dias pálidos invernais.

Isabela levantou, apanhou o casaco de lã marinho, surrado, pendurado no cabideiro de parede, ainda o preferido. Voltando-se para Anna, deu-lhe um beijo carinhoso.

— Mama, se precisares de algo, liga para o consultório.

— Vá tranquila, tenha um bom-dia de trabalho.

Naquele dia, pôde sentar-se, o bonde quase vazio. Aproveitou para ler o jornal do bairro, "O Matutino", distribuído gratuitamente aos passageiros. Ali se encontrava de tudo um pouco, desde remédios caseiros a ofertas de serviços.

No jornaleco, uma matéria sobre a origem do nome Brás fizera-lhe saltar os olhos.

"O bairro do Brás, até o final do século XIX, situava-se à Chácara do Ferrão, também conhecida pelos moradores como Chácara da Figueira, que pertenceu a Marquesa de Santos. Na chácara, tinha uma enorme figueira, considerada uma das mais antigas e formosas de São Paulo."

Isabela ficou boquiaberta ao saber da origem do Brás, embora tenham controvérsias na história, relegando a origem a um português chamado José Braz, que residiu naquela localidade em meados do século XVIII. Foi responsável também pela construção da Igreja do Bom Jesus de Matosinhos. Guardou o jornal na bolsa, pois pretendia mostrá-lo a Anna, podendo agregar informações mais precisas.

Sem perceber, chegou na parada que deveria desembarcar, avisada pelo motorneiro. Seguiu pela rua estreita e arborizada. Algumas crianças passavam uniformizadas e de mãos dadas com as mães, seguindo para a escola. Ouviu a sineta batendo, e o alvoroço das crianças enfileirando-se. Lembrou dos tempos de ginásio, recordações inesquecíveis que não voltariam.

Alguns passos e Isabela chegou ao consultório. Ao entrar, encontrou um bilhete deixado por Bartolomeu, dando as instruções de trabalho. No final, convidou-a para assistirem uma peça teatral, um monólogo, "O Mercador de Ilusões", que estaria em cartaz à noite no Teatro Colombo. A peça foi redigida por Vincenzo Baco, um famoso escritor italiano, que também encenaria. Os olhos brilharam.

Às 17h, Bartolomeu não havia chegado. Isabela demorou um pouco para sair. Bartolomeu avisou que não chegaria a tempo no consultório. Isabela o fechou, e foi para o ponto aguardar o bonde. Naquele dia, parecia demorar, logo apontou na esquina, lotado. Quando chegou em casa, contou a Anna sobre o convite para ir ao teatro. Vendo a alegria da mãe, compadeceu-se, com um sentimento de culpa que não cabia.

— Como posso aceitar? O convite foi feito para você.

— Doutor Bartolomeu vai entender.

— Entender? Não vai gostar.

— Costumo falar que, após a morte do meu pai, minha mãe nunca mais colocou os pés dentro do teatro.

— Talvez em outro momento. Posso pagar as entradas.

— Resolvido, a senhora nos acompanha.

— Considero indelicado da nossa parte.

— Apenas aceite. Vamos nos arrumar senão nos atrasamos. Ajudo a senhora a escolher uma roupa apropriada.

A insistência foi tanta que deixou-se vencer.

Às 19h, pontualmente, Bartolomeu bateu no sinete em frente ao portão. Isabela abriu e Bartolomeu entregou-lhe uma rosa vermelha. Isabela enrubesceu.

— Obrigada, doutor!

Ruborizada, desconversou, quando Anna apareceu.

— Boa noite, doutor Bartolomeu!

— A senhora está muito elegante!

— São seus olhos bondosos, meu caro doutor.

— Ora, não se menospreze. Tal mãe, tal filha, com todo o respeito.

Eles riram, ninguém protestou, as palavras galantes foram aceitas. Juntos, desceram a Rua das Flores em direção à avenida Eleanor Roosevelt. Ali, tomaram um táxi, e chegaram no horário. Bartolomeu foi para fila comprar os ingressos, enquanto Isabela e Anna, enroladas no xale, aguardavam. Anna colocou um vestido preto de mangas longas. E por cima, um xale cinza-escuro, com detalhes cintilantes. Isabela trajava um vestido de veludo verde-musgo, com um cinto preto, marcando a silhueta.

Bela noite de lua cheia, esplendorosa, refletindo na água do chafariz da praça. Alguns boêmios transitavam pelas esquinas, à espreita de um olhar feminino, outros jogavam conversa fora. Na calçada de um bar, uma mesa, e ali os viciados em pôquer se perdiam nas horas, entre um gole e outro de aguardente. Os adoradores do truco batiam cotovelos, quebra de braço deixava os "carcamanos" bravos.

Com os ingressos à mão, Bartolomeu as convidou para entrar, conduzindo-as pela porta principal do teatro. A postos em suas poltronas, ficaram atentos ao cenário, chamava atenção o palco iluminado. Anna acomodou-se, sentiu-se um pouco desconfortável, a coluna incomodava. Bartolomeu aguardava, olhando no relógio. Fitou o palco, sério, comedido de comentários, esperou o êxtase, desejava ser surpreendido.

Anna empolgou-se ao ver as cortinas em movimento. Eufórica, parecia uma criança vibrando em seu primeiro espetáculo circense.

— Já vai começar!

— Contenha-se, precisamos fazer silêncio — cochichou Isabela.

Anna, com os olhos vidrados de expectativa, transpirava emoção por estar ali, assistindo a uma peça teatral. Não era um sonho, agora, via-se diante de um palco.

A cortina se abriu. Atenta, a plateia silenciou. Entrou o ator que faria o monólogo. Ali se misturavam o redator, diretor e a principal pérola, o ator. Um viajante chegou às terras de Ilhéus trazendo àquela gente um baú de novidades convidativas: alegorias, charadas, dramas, infinidade de ilusões e afins do desconhecido. Um manjar de secretas essências.

O viajante bateu à porta de um velho amigo e lá se hospedou. No dia seguinte, foi ao encontro de conhecidos, mas não os encontrou, haviam viajado.

Após ter batido em várias portas, e não ter encontrado simpatizante para a causa, o viajante fez uma visita ao teatro municipal. O teatro estava sendo reformado, na verdade, jogado às traças.

No silêncio do abandonado teatro, observou o cenário precário, as cortinas velhas arreadas. Empolgou-se com o brilho imaginário dos holofotes, e sem hesitar, subiu ao palco para representar. Neste momento, era apenas um mercador de ilusões, milhares delas. Naquele instante, podia ver em cada face a expressão de encanto, admiração e curiosidade estampada na plateia, preenchendo o espaço do ócio emocional e dos fartos bocejos.

Na expectativa da ação, todos olhavam atentos aquele homem encenando a paixão à vida e à arte. O viajante, o protagonista, colocou a mão sobre a testa, e mirou a multidão atenta. E abatendo as misérias do sentimento, exclamou:

— Oh! Pelas barbas de Netuno, pelo amor de Vênus, pelas bebedeiras de Baco, onde está o povo que tanto me procura? Aqui estou eu! A cura para os males secretos e indiscretos. Cheio de novidades para quem procura o novo e deseja dar uma sacudida em tudo e mudar. Pense nisso, mudar interiormente, realizar uma alquimia na alma, e transmutar essências.

Divagou por um momento, andou para um lado e outro. Parou e sentou-se no chão, cruzou as pernas e começou a lembrar de fatos que marcaram as andanças pelo mundo, e falou:

— Lembro que há muitas luas passadas, em uma viagem, encontrei em um bar elegante, um homem rico e insatisfeito com a vida. Desanimado e desacreditado, bebia demasiadamente, afogando as mágoas em um copo de absinto. Foi então que ofereci uma das minhas mercadorias, a qual não hesitou em ficar. Uma alma idônea e leve como plumas, mas foi ficando pesada, não sintonizava com a índole daquele homem. O peso do caráter que a conduzia, servindo aos propósitos profanos de um corpo viciado, uma cabeça materialista que sonhava com ostentações, luxúrias e falsas aparências. Adorava o dinheiro, o Deus profano, correndo para os braços da luxúria, devorando-o em uma noite de orgias e bebedeiras, morrendo de ataque cardíaco no êxtase.

Entre as decepções, o mercador lembra de um jovem que conheceu, fazendo-o acreditar no bom senso do ser humano. Nem tudo estava perdido. Um jovem simples, alegre e inteligente, e passava naquele momento por certas dificuldades que a vida incumbe de nos dar em determinadas situações. O mercador ofereceu algumas das mercadorias: ascensão profissional, status e dinheiro. O jovem recusou a oferta, alegando estar satisfeito com a vida e a perspectiva de crescer em todos os âmbitos. Crescer implicava em ter consciência crítica de si mesmo, e reformar-se intimamente. Dispensava os abusos morais de uma sociedade hipócrita, que vivia em torno de aparências, status e poder. A verdadeira riqueza é aquela que flui do espírito, que nasce no âmago da alma e brota na plenitude de ser humano: ter bons valores e atitudes. Ser idôneo e respeitador da liberdade alheia, que começa onde termina a nossa. Tirar o olho do próprio umbigo, sabendo viver em sociedade e todos merecem serem felizes, tendo os mesmos direitos.

Entre muitas almas aflitas, o mercador encontrou algumas que tinham autoconsciência, não se deixavam levar pelo enganoso, as falsas promessas que o mundo profano promete, e nem se contentar com as ilusões que batem à porta a todo instante, tentando ludibriar os bons sentimentos. Mantinham-se fiéis à esperança de dias melhores na constante labuta cotidiana através das atitudes.

As luzes do palco apagaram-se, permanecendo as luzes das estrelas, o brilho imorredouro da vida emanado do íntimo do homem, como esplendorosa dádiva.

As cortinas do palco seguiram abertas e o show da vida continuou sempre, a cada minuto, instante. E o mercador de ilusões despediu-se da plateia imaginária com um beijo ao léu, e uma salva de palmas da plateia, que naquele momento labutava esperança de dias melhores.

O monólogo terminou, o ator agradeceu, recebendo uma vigorosa salva de palmas e assovios.

Anna, emocionada, exclamou:

— Bravo! Bravo!

Isabela segurou na mão de Anna que estava esfuziante. Na saída, Bartolomeu as convidou para irem à cantina Fratelli, a uma quadra dali.

Um jantar animadíssimo, regado a bom vinho e um macarrão caseiro estupendo dava água na boca a qualquer um. Descontraído, Bartolomeu arriscou uma palhinha de uma música italiana que aprendeu na infância, e lá pelas tantas, acabou-se perdendo no refrão.

— Lamento, doutor! Não poderei ajudá-lo a lembrar-se da música — falou Isabela com ar de riso.

Bartolomeu estava descontraído, livre de qualquer pudor em libertar a voz desastrosa. O vinho tomou o senso do ridículo.

Riam animadamente.

Algumas pessoas, de outras mesas, olhavam de soslaio.

— Acho que estamos dando um vexame — comentou Isabela com as bochechas vermelhas.

— Ignore. Cada um que cuide da sua vida — respondeu Anna, sentindo-se em casa.

Doutor Bartolomeu balançou afirmativamente a cabeça.

— Concordo com dona Anna. Aliás, vamos fazer um brinde.

Levantaram as taças e brindaram.

Com os ânimos aquietados pela farta pajelança, comentaram sobre a peça que haviam assistido. Foi a estreia de Isabela no teatro. Protelava as oportunidades surgidas eventualmente, encantou-se com o monólogo.

Bartolomeu contou histórias de várias peças teatrais mundo a fora. Quando casado, frequentava-os assiduamente. Após o falecimento da esposa, ausentou-se do hábito.

— Espero ter sempre boa companhia para ir ao teatro — falou Bartolomeu, olhando para Isabela.

Surpresa, encabulou-se, deixando cair um pouco de vinho na roupa. Desculpando-se, limpou o vestido com o guardanapo.

— Seremos companhias! — respondeu, fazendo referência à Anna.

Bartolomeu fitou-a com olhar lânguido. Discretamente, Anna observava. Em seguida, ele pediu a conta ao garçom. Deu-lhe uma gorjeta, agradecendo, várias vezes, com um sorriso até as orelhas.

Tomaram um táxi e desembarcaram na esquina de casa. Ao passarem pela cafeteria, Guido arrumava as mesas, despachando os últimos clientes. Em frente à máquina registradora, Ariovaldo contabilizava os cruzeiros.

Bartolomeu as acompanhou até o portão de casa. Ao passarem pelas casas dos vizinhos, alguns ainda acordados. Pela envidraçada janela, em forma de arco, enxergava-se Alma desafiando Chopin, dedilhando ligeiramente no piano.

Como aquela bela jovem, amável e simpática, podia morar sozinha naquele mausoléu? Ao seu lado, Ébano parecia um guardião, missão habitualmente relegada aos caninos. Alma foi adotada por ele, um felino cheio de personalidade.

Na casa de Rudolf Rasmussen, um marchand dinamarquês, as luzes estavam apagadas, costumava ir dormir cedo. Morava sozinho em um pequeno sobrado de tijolos rústicos e envelhecido pelo tempo. Tinha muitas floreiras com gerânios espalhadas pelas janelas. Na frente da casa, um acanhado ajardinado, com algumas roseiras solitárias, plantadas por Rebeca, sua mãe. O quarto ficava nos fundos, na parte superior do sobrado. Rasmussen era um senhor maduro e cheio de vitalidade física. A memória invejável, relembrava em minúcias a mocidade. Se deixasse, ficava horas descrevendo, detalhadamente, cada cômodo da casa, na qual morou na infância na Dinamarca. Vaidoso, cuidava da aparência como ninguém e gozava de bom preparo físico. Alto e magro, os cabelos esboçavam alguns grisalhos. Não havia se casado, solteirão convicto e feliz com a solitude, rodeado de senhoras aquinhoadas, desfrutavam da agradável companhia e conhecimentos sobre arte. Solicitado nas altas rodas do Society, costumava viajar com frequência, quando trazia novidades e histórias pitorescas, partilhando com os amigos. Amável e solícito, ajudava os menos afortunados fazendo benesses.

Isabela e Anna chegaram em casa. Bartolomeu tirou o chapéu, despedindo-se. Lisonjeadas, agradeceram. Anna entrou em seguida, os pés suplicavam descanso.

Bartolomeu chegou em casa, abriu a porta, entrando rapidamente. Esfregou uma mão na outra e tiritou de frio, acendendo o fogo na lareira da sala de estar.

Soltou o nó da gravata, tirou as abotoadeiras e serviu uma dose de uísque, afugentando o frio nas extremidades do corpo, deitando-se no sofá.

Na madorna, foi acordado pelo latido dos cachorros na rua, ficando insone. Pensou em Isabela, em sua relutância consigo mesma, sentimentos travados, às vezes, superficial. Depois da morte de Gertrudes, não se interessou por mais ninguém. Abortou qualquer pensamento em um território que evitava.

O final de semana passou em um piscar de olhos. O tempo mudou, várias vezes, de humor. A carranca armou-se, chovia a cântaros.

Isabela combinou com Flor de plantar gerânios em seu jardim. Quando a chuva estiou, conseguiu fazê-lo, compondo graciosamente um canteiro multicolorido. Flor não cansava de admirá-lo.

Armstrong passeava pela Rua das Flores em companhia do filho Emílio. Caminhava com o braço enlaçado ao dele e, na outra mão, trazia a bengala. Napoleão, o cão São Bernardo, vinha atrás, lentamente, acompanhando-os.

Isabela passou por eles, parando brevemente.

— Armstrong, como tens passado? E esse moço?

— Muito bem, graças a Deus! Onde tem música não tem mau tempo — respondeu Armstrong, sorrindo.

Emílio mostrou os alvos dentes, concordando.

— É vero! — concordou Isabela, retomando o trajeto de casa. — Até mais!

— Adeus! — respondeu Armstrong, saudoso da época em que a pressa não era prioridade.

— Hoje a menina está com pressa — exclamou Armstrong.

— Sempre, o senhor quis dizer. Se continuar assim, não casa nunca!

Armstrong gargalhou gostosamente, sacudindo a cabeça.

— Não é verdade? — retrucou o menino.

— Pelo visto, sabes bem da vida alheia. É um comentário maldoso

— Pai, impossível ignorar o que os olhos veem diariamente. O senhor sabe e, até mesmo, concordas comigo.

— Peço que não faça esse tipo de comentário — respondeu Armstrong, sério, sem dar o braço a torcer.

Emílio baixou os olhos, calando-se. Por alguns minutos, não proferiu nenhuma palavra, temendo a represália. Armstrong pegou na sua mão.

— Filho, não estou ralhando com você, preciso apenas ensinar o que é certo. O comentário não foi maldoso, mas que fique entre nós. Gosto da menina Isabela, vi-a crescer. Conheci Gio, seu pai, a quem tenho eterna gratidão. Nos ajudou muito quando viemos morar aqui. Fomos rechaçados por algumas famílias por sermos pobres. E Gio e a família nos acolheram. São gente de verdade! Nostra gente, como gostava de falar. Nobres qualidades não são fáceis de encontrar nas pessoas, que se fartam com a mesquinhez. Infelizes, desejam livrar-se das frustrações descarregando em inocentes, pelo prazer de vê-los sofrer... — Embargou a voz e dos olhos brotaram lágrimas.

— Entendi, pai, desculpas!

— Desculpado, filho! Tens um bom coração, permaneça com ele. Olhe pela família de Isabela, por ela e dona Anna — falou Armstrong com resoluta convicção, como levasse uma missão para a eternidade.

Napoleão, sentado na calçada, latiu, o passeio deveria continuar. Os dois olharam e riram.

— Calma, companheiro — falou Emílio, acariciando-o na cabeça.

Armstrong, assoviando, continuou a caminhada, enquanto Emílio tirou a gaita de boca do bolso, formando uma dupla do barulho, desafinados.

Os dois riram, deixando Napoleão solto. Corria atrás de um gato, derrubando o latão de lixo de dona Flor.

— Ah... não. E agora? Vou ter que juntar tudo! — falou Emílio desapontado.

— O que houve, filho?

— Napoleão acabou de virar o latão do lixo de dona Flor.

— Recolha o lixo, antes que perceba, vai fazer aquela gritaria!

¬— Tem outra saída? É o jeito — respondeu, enrugando a testa.

Após juntar o lixo, os três seguiram para casa, lembrando das anedotas do tio Pedroca, um senhorio quase centenário que morava nas imediações da Rua das Flores. Foi dono da quitanda das frutas, e ao ficar viúvo, desistiu de cuidá-la e deixou-a sob responsabilidade da filha mais moça, Mariquita. Balzaquiana, tinha a pele cor de jambo, cabelos encaracolados e olhos pretos penetrantes. Cantarolava marchinhas de carnaval enquanto atendia os clientes. Um dia, casou-se, e o marido passou a atender na quitanda. Mariquita, segundo línguas maldosas, era mantida quase em cativeiro, prisioneira do marido ciumento. Surrada diariamente, escondia inutilmente o que as marcas denunciavam.

***

Imaginando os pratos saborosos preparados por Anna, aos sábados, Isabela chegou com água na boca. Meia hora depois, sentaram à mesa para almoçar uma macarronada à bolonhesa, um dos pratos preferidos, saltando-lhe os olhos. Anna serviu vinho tinto, deixando escorregar o cálice das mãos.

— Mama, não fique assim — falou Isabela, tentando consolar.

— Às vezes, sinto as mãos trêmulas.

— Podemos marcar uma consulta com o doutor Bartolomeu. O que achas?

Anna calou-se, por um instante, cabisbaixa.

— Foi apenas um descuido — respondeu Anna despreocupada.

— Vou falar com doutor Bartolomeu e marco uma consulta — insistiu Isabela.

Desconfortável a respeito da consulta, calou-se.

No almoço, comentaram sobre a peça teatral que assistiram. Anna divagou na cena, os olhos brilhavam nos detalhes descritos, em minúcias, sobre o tema da peça, o figurino e o protagonista.

Depois de tanto tempo, sentia Isabela feliz, nutrindo admiração por Bartolomeu, ainda longe de apaixonar-se. Ela o achava bonito e galante, porém faltava-lhe ainda certo atributo, talvez adormecido, quem sabe. Em algum momento descobriria.

Os pássaros saltitavam entre as árvores, ofuscados pelos raios de sol. As crianças brincavam em um terreno baldio, jogando bola e empinando pipa. De vez em quando, alguém vibrava. Brincadeiras de crianças, motivos para rirem à toa.

Isabela recostou-se na cabeceira da cama, em dois travesseiros de penas de ganso. Nas mãos, deliciava-se com o romance O Lustre, de Clarice Lispector. Cansada, entregou-se ao sono, até que uma bola foi arremessada para dentro do quarto.

As crianças, em algazarra, esqueciam da vida. Era gostoso vê-las sorrirem. Durante a semana, pouco saíam à rua, contentando-se com o quintal.

Isabela, ao passar pela sala, ligou o rádio para ouvirem música. O noticiário interrompeu, o presidente Gaspar Dutra havia ordenado o fechamento do Partido Comunista Brasileiro. Alguns dos filiados fizeram manifestação de repúdio, como represália à atuação do partido, foram presos. Um dos manifestantes era seu vizinho, Javier Sanchez, que lecionava história na Escola Municipal Castro Alves. A esposa, Emma, abdicou de lecionar para cuidar dos filhos gêmeos, Frederico e Miguel. Nos últimos tempos, não os viu circular pela Rua das Flores, andavam sumidos, talvez escondidos. As crianças, provavelmente, recolhidas em casa. Geralmente, Anna costumava vê-las voltando da escola. Por aqueles dias, sentiu a ausência das criaturinhas sapecas. Talvez, temerosos com alguma retaliação da polícia militar.

Frederico costumava levar bolinhos de chuva apetitosos, polvilhados com canela e açúcar, para Anna. Às vezes, no caminho, comia a metade, chegando de boca cheia. Criança alegre, falava pelos cotovelos, mas tinha um péssimo hábito de mentir e criar histórias da carochinha. Havia levado algumas surras do pai em relação ao comportamento desabonador, mas não adiantou, era dele. Frederico tinha feições angelicais, cabelos encaracolados e olhos negros. Miguel, a réplica idêntica, apresentava problemas de aprendizagem na escola. Emma ajudava-o com as tarefas escolares, pelas quais não demonstrava interesse. Hábil com o violino, tocava com maestria. Quando não estava jogando bola com os meninos na rua, recolhia-se no quarto, tocando incansavelmente. Demonstrava habilidade desde os 5 anos de idade, quando ganhou um violino do avô materno, feito por ele mesmo. Amor ao primeiro dedilhar, Miguel era estimulado pela família, ao mesmo tempo, em que era exigida disciplina com a educação formal.

Javier exercia a militância do partido comunista há alguns anos. Imigrante espanhol, chegou no Brasil fazia 20 anos, junto aos pais, agora já falecidos. Filho único do casal Juan e Antonieta Sanchez, prósperos comerciantes de tecidos no bairro do Brás. Estudou na Escola Americana de São Paulo, fundada em 1920, bem-conceituada. Somente os bem-nascidos tinham igual oportunidade. Além de professor de história, praticava a função de crítico literário, ganhando a oportunidade de escrever uma coluna no jornal. Foi convidado para trabalhar na editoração do jornal Vox Populi, mas preferiu continuar lecionando história no Liceu e na Escola Municipal Castro Alves, próxima à Rua das Flores. Fazia alguns dias que o professor não era visto nas redondezas. Costumava sair cedo de casa, vestindo um capote preto, fazendo chuva ou sol. Usava um terno de listras, puído, impecavelmente passado a ferro. Ninguém sabia quanto ganhava, imaginavam que o suficiente apenas para sobreviver, visto que tinham uma vida parca de tudo. Os meninos viviam com camisas velhas e esmaecidas e sapatos furados. Emma trajava-se, quase sempre, com o mesmo vestido, azul-marinho com margaridas brancas. Abstinha-se de pequenos mimos de mulher, furtando-se de uma vida confortável. As indagações sobre a herança deixada pelos pais sempre geraram especulações. Há quem diga que seu pai tinha muitas dívidas e que foram pagas com o patrimônio, uma suntuosa casa no centro da cidade. Falava-se também em uma considerável doação mensal da renda familiar para a manutenção do partido. Temendo alguma represália, Javier escondia-se com apoio dos companheiros políticos.

No horizonte esparsas rajadas douradas. A fresca da tarde fazia balançar delicadamente as folhas das árvores. Um friozinho entranhava até os ossos, fazendo tiritar. O frio, aos poucos, ausentou-se. E a primavera desabrochou com as flores perfumadas, deixando as ruas coloridas, a temperatura agradável e a alegria esbanjando sorrisos.

Nostalgia no ar, roupas leves, os vestidos Petit poá bem rodados, de cintura marcada e esvoaçantes. Estação na qual as mulheres ficavam divinas dentro dos vestidos que acentuavam a silhueta, substituindo os sóbrios casacos de lã. Fora-se a névoa, a aragem fria, dando lugar à imperiosa primavera.

Isabela fazia uma jornada exaustiva no consultório e à tarde dedicava-se aos estudos na faculdade de medicina. Passou na prova admissional com nota máxima, havia se dedicado ferrenhamente aos livros, recebendo uma bolsa de estudos meritoriamente. Bartolomeu a encontrava, algumas vezes, cochilando em cima dos prontuários.

O sino da igreja badalou, insistente, às 18h. Anna foi à missa na companhia da Vó Pelica, antiga amiga. Morava no bairro da Mooca há alguns anos e foi vizinha de seus pais, amiga de confidências da família. Tinham grande afeição, com o tempo perderam o contato. Aparentemente, não demonstrava a idade que possuía, mas os cabelos brancos como a neve denunciavam. A pele parecia um pêssego, aveludada. No quintal, Vó Pelica entretinha plantando, tinha um pomar invejável. Cultivava ervas medicinais, conhecedora de várias espécies, receitava xaropes caseiros, considerada por algumas pessoas uma velhinha bruxa, seus chás eram mágicos.

Após a missa, Anna e Vó Pelica tomaram um chá na cafeteria de Ariovaldo. Horas depois, despediam-se. Anoitecia, Anna a convidou a hospedar-se em sua casa. Pelica espiava as horas no relógio de pulso, não conseguia ausentar-se da rotina. Na avenida Eleanor Roosevelt, esquina da cafeteria, tomou um táxi, despedindo-se de Anna. E ao abraçá-la, emocionou-se.

Ao retornar, Anna sentiu frio nas extremidades, a aragem caía sob a tez. Caminhava, esbaforida, encontrou Alma no portão de casa, chamava por Ébano. Ao passar pela pensão de Flor, viu, através da vidraça, Flor cantarolando uma modinha e passando roupas.

Ao anoitecer, a rua movimentada parecia uma orquestra filarmônica de etnias. Alma ouvia música clássica, na vitrola, O Danúbio Azul de Strauss. O candelabro de cristal suspenso no centro da sala envidraçada lembrava os bailes do Municipal. Na casa de Rudolf, o dedilhar no piano contrastava com notas de jazz, Louis tocava sax, lembrando Sidney Bechet tocando em dias de saraus em Orleans, melodias imperdíveis, transmitidas pela rádio Nacional.

Na residência dos Sanchez, observou as luzes apagadas. Um candelabro com uma vela acesa no centro da mesa da sala de estar e as janelas abertas, enquanto os gêmeos, Frederico e Miguel, brincavam de pega-pega no pátio.

Ximbica, a postos no portão, esfregava-se no muro. Os lampiões acendiam, alguns apagados, a escassa claridade ajudou a encontrar a chave, entre tantos badulaques. Ximbica miava à volta, devia estar com fome. Entrou rapidamente e deixou o chapéu no sofá. Ao perceber Ximbica brincando faceira, tomou-lhe das garras afiadas o chapéu preferido, presente de Gio. Por instantes, nostálgicas lembranças reportaram ao saudosismo.

Naquela noite, Isabela chegou exaurida, sentou-se no sofá, vencida pelo cansaço, tirou os sapatos, e adormeceu.

— Vamos, Isabela, levante-se! Tome um banho enquanto aqueço a sopa de legumes — falou Anna, sacudindo Isabela.

— Preciso mesmo tomar a sopa?

— Como pretendes trabalhar e estudar se não te alimentas?

Na rua, os cachorros latiam, briga de gatos, aquela algazarra felina. Isabela levantou, esfregando os olhos. Anna alcançou a toalha de banho, alva e perfumada, exalando odor de rosas.

— Um banho faz milagres! — disse Isabela.

— Ainda bem que não foi um daqueles demorados, era capaz de dormir na banheira.

O prato de Isabela fumegava posto à mesa. Ximbica sentou ao lado de ambas, enroscando o rabo amarelo em volta do pequeno corpo. Atenta aos mínimos movimentos, de vez em quando, miava.

— Ela quer atenção — disse Anna. — Mal-acostumada, agora deve enchê-la de mimos.

— Somente quando quer — respondeu Isabela, tomando a sopa em esparsas colheradas.

— Vamos conversar um pouco, antes de recolher-se. Conte-me sobre o curso — pediu Anna, salivando por novidades — Estás reagindo às cutucadas da vida — falou Anna enfaticamente.

— A vida segue, mama, La vita!

Bocejando, Isabela calçou as chinelas. Deu um beijo estalado na testa de Anna e foi dormir. Anna apagou as luzes, recolhendo-se. No quarto, com o terço em mãos, ajoelhou-se. Naquela noite, não precisou tomar chá de laranjeira para dormir. Pensou na Vó Pelica, o prazer em recebê-la. Marieta, sua mãe, considerava-a, além de amiga, também era sua madrinha de batismo. Relembraram histórias antigas e divertidas. No outro dia, acordou com dor de cabeça. Sem analgésicos, foi à farmácia do Ubaldo, na Avenida Eleanor Roosevelt. Ubaldo, um solteirão vaidoso ao extremo, aparentava uns 50 e poucos anos. Falava enrolado, de nacionalidade francesa, tinha dificuldades com a língua portuguesa, embora morasse uns dez anos no Brasil. Dotado de um jeito afeminado, tiques e maneirismos, vestia-se bem, trajes de vanguarda. Uma pessoa um bocadinho difícil, por vezes, excêntrica. Apaixonado pelas músicas de Gardel e Carlos Galhardo, costumava cantarolar enquanto organizava as prateleiras.

Ao sair no portão, Anna foi surpreendida por Luigi, o entregador de jornais. Esboçava um sorriso radiante, sempre solícito, admirado pela vizinhança. Morava no beco da esperança, filho de Aurora, a lavadeira, antiga conhecida de Anna nos tempos de Gio.

— Bom dia, Luigi! E Aurora, como tem passado?

— Minha mãe esteve acamada. Pegou uma pneumonia. Sabes como é teimosa, vivia tomando chuva — respondeu Luigi entristecido.

— Sei como é. Tenho alguém assim em casa. Melhoras a sua mãe.

— Obrigada, dona Anna! Até mais!

— Até, Luigi! Cuide-se com a bicicleta. Juízo!

Aurora tinha tirado a sorte grande. Aquele rapaz que viu nascer, trocou os cueiros, um moço feito e amoroso com a mãe. O pai faleceu, ainda moço, deixando os encargos do sustento aos cuidados de Aurora e os filhos ainda pequenos para criar. Em casa, ficou o mais novo, Luigi. Certamente, seria uma pessoa bem melhor que o pai, um alcoólatra, morreu na sarjeta com cirrose. Pobre João da Pinga, o vício foi a perdição. Quando começou a beber, costumava ser encontrado junto aos latões de lixo, vasculhando restos de comida, às vezes, pedia esmolas. Voltava para casa, sóbrio, quando Aurora o deixava entrar.

***

Pontualmente às 8h, Isabela abriu o consultório. Tinha uma fila do lado de fora, umas 20 pessoas aguardavam a consulta. Algumas com o filho nos braços, outras amoladas. Uma delas desmaiou na fila, e Isabela acudiu, verificando a pressão. As outras pacientes ajudaram a colocá-la em uma maca. Na manhã agitada, a agenda de Bartolomeu complicou-se, os horários quase se encontrando, e o hospital chamando para uma cirurgia de emergência.

No fim da tarde, Isabela saiu mais cedo da faculdade, havia feito uma prova. Tomou o bonde na Estação Cruzeiro e, não resistindo à tentação, foi ao mercado central. Sentou-se em frente à banca 15 e pediu ao garçom um sorvete de baunilha. Abanava-se, fazia calor. Em meio à multidão, um homem de branco chamou sua atenção com fisionomia peculiar, era Bartolomeu. Aproximou-se da banca, sem a perceber, ao longe, ela acenou.

— Coincidência. Posso sentar? — perguntou Bartolomeu.

— Fique à vontade!

Em meio ao burburinho do mercado, ouvia-se uma melodia de fundo. Um senhorio tocava um cavaquinho. Animado com os curiosos que o cercavam, aumentava o repertório. As gorjetas também cresciam, eram depositadas na velha caneca de porcelana azul. Ao dedilhar Pedacinho do Céu, foi ovacionado pela plateia.

Bartolomeu divagava, lembrando de histórias pitorescas da época da faculdade. Riram e deliciaram-se com a nostalgia. Isabela nem parecia a moça sisuda acotovelada pela pressa.

Fitando o relógio da mercearia, ela levantou-se, despedindo-se de Bartolomeu. Apanhou o casaco vermelho sob a cadeira, cobrindo os ombros. Deslizando sobre a blusa de seda branca, caiu ao chão. Gentilmente, ele o apanhou, colocando sobre seus ombros, sentindo o aroma de rosas frescas. Sentado frente à janela, acompanhou as passadas, rápidas, de Isabela. Em suas narinas, vestígios do aroma de rosas.

***

Um mês depois, no Liceu Maria Imaculada, escola de Ensino Primário e Secundário, administrada pelas irmãs do Convento Nossa Senhora Aparecida, os burburinhos das crianças no recreio sopraram vida ao mausoléu. Irmã Maria terminou com a algazarra, batendo a sineta vigorosamente. As crianças corriam, enfileirando-se com disciplina militar, conduzidas ao pátio central da escola, em silêncio sepulcral, às vezes, quebrado pelos cochichos e risos de Alice, uma garotinha de olhar endiabrado. Ela tinha lá seus 10 anos, o rosto cheio de sardas e o cabelo vermelho como o fogo. Teimosa, gostava de provocar a paciência da Irmã Maria, a candura em pessoa. Quando o destrato acontecia, tomava a pequena pimentinha pela mão, levando-a à sala da obediência, onde ficava ajoelhada por alguns minutos, quase insuportáveis, no canto da sala, em silêncio, quebrado apenas pelo insistente tique-taque do relógio de parede, secular e sinistro, deixando o ambiente com ares desafiadores. Alice dizia que atrás do relógio, fantasiosamente, tinha um gênio do mal que controlava os pensamentos das crianças desobedientes. Encolhida e temerosa, rezava todas as ave-marias, credos, até Irmã Maria adentrar a porta do claustro imposto, fechando-a de mansinho. Tudo podia acontecer, até mesmo ser retirada do castigo. Alice saiu devagarinho, com medo do arrependimento da Irmã Maria, e nada comportada, após a porta fechar-se, caminhou alguns passos rumo à sala e tirou um giz de cera azul do bolso do guarda-pó branco, rabiscando na parede uma caricatura perversa de Irmã Maria.

Em 1905, época em que a administração era feita pelo clérigo padre católico Hermann Petersen, o Liceu foi reformado. Em estilo Art Noveau, as linhas arquitetônicas esboçavam graciosidade e assimetria no traçado do formato curvilíneo e sinuoso, referência à arquitetura da Belle Époque.

Ao cruzar pelos corredores internos, Isabela sentia a sensação de estar na França, sem nunca ter ido, senão em revistas. Bartolomeu lecionava no Liceu duas vezes por semana. Isabela tornou-se sua pupila, aprendendo a didática da arte de ensinar. Sentava no fundo da sala, observava atentamente. Na sala espaçosa, quase um miniauditório, usava-se a lousa para os apontamentos, às vezes, Bartolomeu solicitava a Isabela que o ajudasse na tarefa de escrever. Nas aulas de anatomia para o curso científico, os alunos sugavam o conhecimento até a última gota, ele não deixava dúvidas sem respostas. As aulas, polêmicas, prolongavam-se, muitas vezes, pelo anoitecer.

Um dia, no final da aula, ao guardar o material didático no armário, deixou algumas folhas caírem, ajoelhou-se para juntá-las. Bartolomeu tomou a frente, recolhendo as folhas dispersas. Ruborizada, desculpou-se, agradecendo com um fio de voz. Ele esboçou um sorriso, fitando-a de soslaio. Nos últimos tempos, apresentava um comportamento estranho. Pela primeira vez, enxergou-o de um jeito diferente, seus modos eram reveladores, parecia um tigre à espreita. Nada de excessos de pudor, o comportamento dele a perturbava. Temia homens que expunham desejos de forma acintosa, parecendo antes um predador do que um enamorado. Isso dava-lhe calafrios e o desejo de distanciar-se. Os dias foram passando e as estranhezas do comportamento de Bartolomeu ficaram para trás, dando lugar as atitudes cavalheirescas para com Isabela, quando aceitou um pedido de namoro. Estranhamente, ele pediu sigilo, argumentando razões profissionais.

Um mês depois, Isabela passou a sentir-se insegura em relação a Bartolomeu, percebendo-o alheio. O cordeiro deixava cair a pele e o lobo vinha à tona, devorando seus íntimos sonhos de felicidade.

Prostrada em inseguranças, rompeu com Bartolomeu e demitiu-se do consultório, alegando uma estafa.

Intempestivamente, ela desistiu de estudar com a convicção de não retornar. Nos últimos meses, as intercorrências no consultório e hospital a levaram à decisão de abandonar os estudos. Sentiu-se à vontade para mudar o curso dos acontecimentos.

Anna sentia que algo não estava indo bem. Algumas noites, Isabela chegava em casa, pisando nas pontas dos pés, sem saber, sequer, que Anna não tinha pregado o olho. Ouvia, atenta, qualquer burburinho na rua, um misto de angústia e ansiedade pela demora da filha. Estranhou o comportamento dela e na ausência de perguntas, as respostas escapuliam ao expressar cansaço e uma dose insistente de descontentamento. Reações expostas nas entrelinhas diárias dos desejos manifestos, percebia no semblante de Isabela, ao sair de casa todas as manhãs, não parecendo ser mais a mesma.

Isabela mantinha algumas lembranças do relacionamento. Como de uma noite fria em que Isabela e Bartolomeu retornavam para casa, uma chuva torrencial desabou dos céus. Desembarcaram do táxi na esquina da Rua das Flores com a Avenida Eleanor Roosevelt. Ao descer, dividiram o guarda-chuva, ela enganchou seu braço ao dele. Ao chegar próximo à casa de Isabela, convidou-a para conhecer seu minúsculo palácio provinciano. Deslumbrada com o cenário à volta, observou os objetos de decoração, fascinada pelas peças de arte e relíquias esculturais.

— A casa é divina e a decoração um encanto aos olhos — falou Isabela, expressando um ingênuo encantamento.

— Depois do falecimento dos meus pais, doei alguns móveis antigos há alguns anos na família. Mantenho impecável as pratarias, os objetos de decoração e as porcelanas adoradas por minha mãe.

— Fizestes bem em mantê-los, dão à casa um toque feminino.

Pouco informal, ele falou de alguns fatos que marcaram a infância, sem abster-se por um só minuto do presente. As histórias pareciam irreais, de conto de fadas, tinham um vazio inexplicável. Uma mescla de sentimentos mal resolvidos desabotoavam ao simples toque de palavras. Como se saísse de um estado anímico, deixou o copo de conhaque em cima da mesa, aconchegando-se ao seu lado. Aproximou-se, junto ao seu corpo, trêmulo, fitando seus olhos por alguns segundos, e a beijou. Ela correspondeu com um desejo febril, enquanto os braços de Bartolomeu deslizavam sobre seus ombros, tornando-se um amontoado de desejos libertos, esparramados no vermelho acetinado. Depois dessa noite, tiveram muitas outras, e como um vício que entorpece os sentidos, passaram a ficar mais tempo juntos. Na casa dele, no consultório, nas atividades do hospital e no Liceu. Bartolomeu demonstrava um comportamento um tanto atípico, sem pudores, independentemente do lugar, ele a desejava. Enfeitiçada, cedia a seus caprichos. As atitudes levianas terminaram expondo-os aos mexericos alheios.

***

Nos últimos tempos, ela o evitava. Precisando manter seus caprichos íntimos bem saciados, ele contratou uma nova atendente para o consultório, dispensando-a com a desculpa de permitir-lhe mais tempo aos estudos.

Ao saber que Bartolomeu tinha contratado uma secretária, Rosa, sentiu como se tivessem puxado seu tapete. Tinha apenas 17 anos, a moça de feições delicadas, esbelta, seios fartos e quadris arredondados.

Isabela soube por pessoas próximas que a jovem era filha

de um dos pacientes que costumava atender a domicílio. A família era modesta e recatada, com um pequeno dote, alguns hectares de terras no interior.

Nas terças-feiras, Isabela costumava sair cedo da faculdade, geralmente almoçava com Anna. Naquele dia, resolveu mudar o itinerário costumeiro e foi para o consultório. Ao chegar, não conseguiu entrar, a porta estava chaveada. Estranhou o fato. Por sorte, tinha a chave na bolsa. Abriu delicadamente a porta, sem fazer barulho. Observou em cima da mesa uma pequena bolsa de seda branca. Ao aproximar-se da porta, ouviu gemidos. Emudeceu, julgando apropriado sair, abstendo-se de quaisquer comentários. Desde então, fazia uma escalada para o rompimento, encorajada pela traição e convicta de que ele não a amava. Abruptamente, a necessidade do término começava a transpirar-lhe os poros emocionais. O sentimento nutrido por Bartolomeu esvaziou-se com o passar do tempo, mas deixou marcas. Confidenciaria à Anna os últimos acontecimentos, deixando o coração de mãe apertado ao ouvir tantos reveses. Em algum momento, as máculas curariam.

***

Meados de outubro, o sol escondia-se atrás das nuvens espessas. Isabela acordou cedo, como fazia costumeiramente, foi até a varanda, espreguiçando-se. Tomou a fresca da manhã, revigorando os ânimos. Sentiu um arrepio de frio, uma lufada de vento, com vestígios do frescor invernal, roçou em seus cabelos ondulados. Recolheu-se rapidamente, fechando a porta da cozinha. Desejosa de um café, colocou a água para esquentar. Apanhou o coador de pano deixado sob o bule. Ao abrir a lata, viu que o pó havia terminado. Era cedo para ir à mercearia comprar café, então, enquanto aguardava, colocou o quarto em ordem. Surpreendida pelos espirros de Anna, ouvia as chinelas de pelúcia arrastando pelo estreito corredor.

— Bom dia! Ainda estás por aqui? — exclamou Anna, fungando o nariz.

— Precisamos conversar, tenho algo a contar — respondeu Isabela, contendo as palavras, parecia ter envelhecido alguns anos.

Anna sentou-se ao seu lado.

— Nos últimos tempos, mal fica em casa. É a primeira vez que ficamos tão distantes, embora muito próximas — disse Anna queixosa.

— É uma história indigesta — adiantou Isabela.

Anna enrugou a tez, silenciando-se.

O olhar de Anna caiu sobre os próprios pés, colocando uma mão sobre a outra, repousando-as no ventre. Resignou-se no silêncio, esperando tacitamente, depois de acompanhar as últimas semanas desassossegadas. Sorveu, sem dó nem piedade, as palavras despejadas a seco, até o último relato. Isabela sentenciou o fim do relacionamento no qual julgava-se um objeto de luxúria.

Anna aproximou-se, acarinhando seu rosto, e olhando em seus tristes olhos com doçura, deu-lhe um abraço.

— Vire a página ingrata, erga a cabeça e siga em frente — aconselhou Anna recomposta, batendo-lhe com as mãos, espalmadas, no braço.

— É difícil, até mesmo acreditar, quem dirá aceitar.

— É um cafajeste! Não merece lágrimas — respondeu Anna em tom altivo. — Ah ... se pego o maldito — falou indignada.

— Vamos evitar a exposição na vitrine dos fuxicos. Sabes como é a língua do povo.

Ambas se calaram. Anna encaramujou-se em incertezas. Temia pelo pior, pressentia algo, mas não sabia o quê.

Vestindo-se de coragem, Isabela foi ao hospital no centro da cidade. Antes, passou pelo mercado central e avistou as floristas no ponto de venda, na esquina da Avenida Loureiro, disputando a atenção da clientela. Podia garantir, que tais flores, não eram tão mais belas quanto as suas. Um sentimento saudosista a abraçou e encheu-lhe o olhar curioso.

Caminhou algumas quadras e encontrou Mafalda, a moça que trabalhava no arquivo do hospital. Isabela precisava pegar seu material de pesquisa guardado na sala dos arquivos. Mafalda pediu que a acompanhasse e a deixou sozinha, dirigindo-se a outra ala do hospital. Enquanto procurava o material, abriu a gaveta do arquivo morto, deparando-se com a pasta de Gertrudes, a falecida esposa de Bartolomeu. Com o prontuário em mãos, teve acesso a causa mortis. Pasme, tratou logo de guardar o prontuário. Apanhou o material, colocando-o em uma caixa. Saiu discretamente, antes que Bartolomeu a visse.

Ao passar pela porta de saída do hospital, libertava-se. Estava ali para falar com Bartolomeu, havia feito tudo, menos isso. Isabela retomou o trajeto de casa, sentindo os ombros leves, seus olhos brilhavam ao olhar o ajardinado da praça.

Olhou para o relógio do mercado central, do outro lado da rua. Hora de o bonde passar. Aguardou alguns minutos na parada, com a caixa em mãos. Ao colocá-la no chão, o bonde chegou, e logo meia dúzia de passageiros desembarcaram. Isabela segurou-a firmemente em seus braços, e, ao subir, um cavalheiro sentado na poltrona ao fundo, levantou e gentilmente ofereceu o banco. No sacolejar do bonde, adormeceria se Aurora, a lavadeira, não lhe desse uma sacudida no braço. Acordou assustada, reconhecendo a paisagem da rua, e desceu na esquina da Avenida Eleanor Roosevelt.

Observou as crianças na praça, animadas e contando anedotas, rodando o pião e brincando de rodas. Algumas andavam de balanço. Os meninos não perdiam tempo, tampouco demonstravam exaustão quando o assunto era bolinha de gude. Aquele alvoroço, vez em quando, pegavam-se no tapa. Necessidade de saborear as gostosuras da vida, as delícias da infância que merecem serem vividas à altura, deixando saudosas lembranças.

Isabela passou pela cafeteria de Ariovaldo, que se abanava frente ao caixa.

— Boa tarde, Seu Ariovaldo! Tudo isso é calor? — perguntou Isabela.

— Tudo isso são as contas que não param de chegar. Todos os dias, a mesma coisa, a pergunta insistente: quando foi que gastei? E respondo: não lembro — dizendo isso, deu uma gargalhada sonora. — Que belo administrador estou a sair.

— Vero! Tem como pagá-las.

— A menina tem toda razão! É o costume, chorar faz parte, senão não tem graça.

Desconversando, Isabela pediu um café, o de sempre. Uma taça, puro e com pouco açúcar.

— E dona Agustina, como tem passado?

— Bem, obrigado. Está na cozinha preparando pastéis.

Enquanto bebericava o café, debruçou-se na mesa, por alguns instantes. Desejava abandonar as recordações em outro lugar, algumas poucas agradáveis e outras desprezíveis. Muitos deixam-se enganar pelas mentiras, ora fabricadas por outras pessoas, ora por si mesmas. Absorvia cada detalhe daqueles últimos meses, mistura mal resolvida de vários sentimentos. A ida ao hospital foi providencial, tantas mentiras, apego ao passado, em esconder-se atrás de farsas. Ao comentar, a alegria estampada no rosto das crianças brincando, imediatamente ele respondia com desprezo: "Crianças são graciosas no colo de suas madonas. Fora isso, acho-as insuportáveis". Ao ouvir inóspita frase, havia começado a perder a admiração por ele.

Ao terminar o café, retomou o trajeto de casa, quase esquecendo a caixa sob a cadeira. Próxima de casa, encontrou Alma caminhando no jardim babilônico. Quanto mais fugia das indagações, respondia o indesejável. Ela parecia saber o indevassável.

— Muitas vezes, os acontecimentos fogem ao controle. Uma vida pode começar assim — falou Alma, e desconversou. — Se precisares de mudas de flores, tenho muitas aqui, e irás apreciá-las.

Ao som dos gorjeios dos pássaros, despenderam-se.

Algumas pessoas a visitavam para ouvir os conselhos providenciais, ou mesmo explorar o dom adivinhatório. Conselhos, chás, música, livros filosóficos, flores e ervas sempre faziam parte das receitas de Alma.

Anoiteceu, no céu a lua cheia navegava, entre os astros luminosos, conspirando com os amantes do romantismo. O silêncio entre Isabela e Bartolomeu acusava sentimentos dúbios. Isabela suspirou profundamente, os olhos pareciam procurar respostas. Na ausência de notícias, decidiu procurá-lo em casa. Ao chegar, hesitou ao abrir o portão, deu meia volta, o coração disparou. Voltou, e ao abrir o portão de ferro, viu um vulto na janela, por trás das cortinas, com um copo nas mãos. O coração parecia sair pela boca, devagar, ela se aproximou, tocando o sinete.

Bartolomeu nada falou, permitindo que ela entrasse.

Ao entrar, sentiu-se uma estranha, mesmo lugar em que viveu momentos apaixonados ao tilintar de taças, alongando-se madrugada adentro, no sussurrar do êxtase, perduravam nas lembranças inquietas.

— Sente-se, fique à vontade. Afinal, sempre estivestes? Fale o que a preocupa.

— Nada mais me preocupa, senão a necessidade de nos afastarmos definitivamente.

— Parecíamos tão afinados, me surpreendes, ou melhor, decepciona.

— Talvez seja a decepção que o levou a cair nos braços de uma ninfeta.

— Sua mente é fantasiosa — falou Bartolomeu, servindo uma dose de uísque. Por alguns instantes, deu as costas e ajeitou um quadro em desalinho na parede.

— Sou a própria testemunha ocular.

Bartolomeu soltou uma gargalhada.

— As mulheres adoram os ataques histéricos de orgulho ferido.

— Ousas a comparar-me às outras? — perguntou, enrugando a tez. — Desejava, apenas, o seu amor. Percebo o quanto és egoísta.

— Além de infiel, um egoísta. E que mais? — perguntou, zombando.

— Perdi meu tempo, mas precisava falar.

— Já falou, podes ir embora — pontuou Bartolomeu agressivo.

Isabela virou as costas, sem dirigir-lhe uma única palavra.

Depois que ela saiu, Bartolomeu atirou o copo de uísque na parede, partindo-o em cacos. Atrás da porta, Rosa esbugalhou os olhos. Apanhou a bolsa sob a cama, tirou os sapatos, saindo de fininho pela porta dos fundos.

Naquela noite, Isabela não pregou o olho. O prontuário de Gertrudes Jacobson permanecia, em letras garrafais, na memória. Bartolomeu nunca tocou no assunto; melindrosa, absteve-se de perguntar. As peças começavam a se encaixar como um quebra-cabeça. Quando casada com Bartolomeu, Gertrudes ficava enclausurada no casario. Esboçava um semblante melancólico, e tratava, os poucos que tiveram o prazer de conhecê-la, com cortesia, parecia uma camponesa urbana. Na época, Bartolomeu circulava sempre sozinho. À noite, costumavam ficar em casa, ausentando-se do convívio social, de festas e teatros, até o falecimento inesperado de Gertrudes. Há quem diga que era uma mulher alegre e sorridente. Era amante das artes, pintava quadros, apreciava viajar, adorava ópera e ouvir os clássicos. Filha de um cônsul germânico, guardava histórias pitorescas contadas por um serviçal. Tempos depois do matrimônio, cerimônia reservada para apenas uns poucos, os hábitos de Gertrudes mudaram radicalmente, deixando-a triste, como um pássaro engaiolado. Ninguém soube o que houve com eles. Alguém que destilasse um tantinho de conflitos escusos à curiosidade ambulante. Morreram no ensejo todas as indagações frustradas pela omissão de fatos. Um episódio terminava com a morte dela, deixando perguntas que talvez não fossem respondidas. Isabela teve a oportunidade de decifrar, nas entrelinhas do derradeiro adeus, na passagem pelo hospital, o último suspiro de Gertrudes. No ato conduzido pela curiosidade, quebrou o protocolo da ética, devassando um segredo médico, agora detinha um segredo, guardado a sete chaves.

Rosa deixou-se seduzir por um homem sem escrúpulos. Jamais compreenderia as fragilidades sentimentais de uma menina moça, que há pouco ainda brincava de bonecas.

No dia seguinte, Isabela levou Anna à consulta médica, pois vinha sentindo um mal-estar. O médico auscultou o coração, fazendo caretas, e respondeu ser nada demais. Ele a tranquilizou, prescrevendo remédios, vitaminas e um calmante, os quais negou-se a tomar.

— O doutor pode receitar, mas me recuso tomar essa porcaria — disse Anna em tom de rechaço.

— Não quer se tratar? — perguntou o médico, esboçando uma carranca.

— Mas preciso de tantos remédios?

— O médico aqui sou eu, e afirmo que a senhora precisa.

— Capire verità — respondeu Anna, cochichando. — Maldita hora que resolvi consultar.

Isabela sacudiu a cabeça. Anna apanhou a receita e levantou-se, despedindo-se com semblante de poucos amigos.

— Passar bem, doutor!

— Tenham um bom-dia — respondeu o médico.

Ao sair do consultório com a receita prescrita em mãos, colocou-a no bolso, amassando-a contra o casaco. Isabela, ao passar pela farmácia, conduziu-a pelo braço, inútil a resistência.

Ao entrarem, aos sacolejos, Anna viu Ubaldo, o farmacêutico, dependurado na escada, no topo, equilibrando-se quase em um pé só. Estarrecida, cumprimentou-o.

Desceu da escada, devagar, com olhos arregalados para os pés tortos da danada. Um tanto velhinha, encostou a dita na parede, no cantinho, escondida dos olhos da clientela. Esfregando uma mão na outra, dirigiu-se ao balcão.

— Pronto! Agora estou em condições de atendê-la — falou, escancarando um sorriso sem graça. Apertando os olhos miúdos, ligeiramente curiosos, olhava por cima dos óculos dependurado na ponta do nariz.

Atento à receita, franziu a testa e virou-se para a prateleira. Pegou a medicação prescrita. Uma, duas e a última, suspirou profundamente, e tornou a buscar a escada. Subiu dois degraus, descendo ligeirinho, livrando-se da magrela.

Ao observar o movimento na rua, viu Bartolomeu. Passou pela farmácia, Isabela virou-se, repentinamente, de costas para a porta. Cabisbaixo, o chapéu quase cobria-lhe a face, uma das mãos no sobretudo preto, trajava-se elegantemente, arrancando suspiros das moçoilas.

***

Em torno da cafeteria de Ariovaldo, uma movimentação atípica. Os recém-chegados imigrantes, aportados em Santos, chegavam ao Braz na esperança de conseguirem casas para comprar ou alugar. Alguns solitários buscavam por uma hospedaria, acabavam batendo na porta de Flor. A pensão, disputada, dificilmente tinha quarto vago. Comida saborosa e limpeza impecável, tudo por um preço módico.

Um homem simpático, desconhecido nas redondezas, bateu à porta de Flor, que esbanjou alegria ao colocar os olhos no pedaço de mal caminho. Estatura alta, aparentava uns 42 anos. Bem-apessoado, cabelos negros aparados, olhos castanhos e usava um bigode um tanto sedutor. O olhar meigo e profundo, a boca carnuda e delineada lembrava astros hollywoodianos. Enfeitiçada pela beldade, nas nuvens do quase paraíso, apressou-se em conduzi-lo a um quarto, há pouco desocupado. Se não o tivesse, seria capaz de arrumar qualquer cômodo ao homem interessante nos modos de falar e vestir. Por duas vezes, perguntou seu nome, inebriada pelo perfume másculo, quebrando a rotina dos dias sem graça.

— Desculpas, sou um tanto distraída, como se chamas?

— João Miranda, senhora — respondeu-lhe.

— É o quarto que disponho. Se for do agrado, podes ficar com ele. O aluguel é cobrado todo dia 5 do mês. Tenho roupas de cama se precisares, e não cobro valor adicional.

— Negócio fechado! Amanhã trarei meus pertences.

— És de São Paulo?

— Sou do interior de Piracaia.

Antecipadamente, ele pagou o mês. Há algum tempo procurava moradia, evitava pardieiros. Recebeu de um conhecido a indicação da Pensão de Flor. Uma pensão familiar e simpática, com paredes coloridas, quadros antigos, abajures retrôs, mobiliário antigo e conservado, causando saudosismo.

Na Rua das Flores, a rotina foi estabelecida pelo vaivém dos moradores. Estranhamente, alguns dias, o professor Javier e a família estavam sumidos, desde a confusão na praça Vermelha. Antes do sol nascer, Emma punha-se em pé, estendendo as roupas na corda. O varal vazio e as janelas fechadas deixavam uma sombria dúvida. Alguns suspeitavam de fuga na calada da noite. Javier foi membro do partido Comunista, recentemente desativado. Os simpatizantes foram perseguidos pelos partidários da oposição, causando agitação com a distribuição, as escusas, de panfletos marxistas.

***

O verão anunciava-se com temperatura alta, chuvas passageiras e mormaço. Isabela voltou a cultivar e vender flores. Aos poucos, com a ajuda de Alma, transformou os canteiros, estéreis, em multicolorido de flores.

Sob a sombra da aroeira, no quintal de Anna, Alma colocou a mão no ventre de Isabela, expressando felicidade.

— A semente germinou. A florzinha cresce! — exclamou Alma, desconversando.

Isabela estranhou a atitude, ficando em silêncio. A frase ficou pipocando em sua mente, sem ousar fazer perguntas. Os dias seguiram-se com aquelas palavras cutucando a paz.

As regras de Isabela completaram mais de três semanas de atraso. Temendo o pior, ela procurou um médico que confirmou a gravidez. Seus olhos se perderam em indagações, imaginou como reagiria Anna. Evitava pensar em Bartolomeu, antevendo uma suposta condenação do rebento, acalentado nas entranhas, ao aborto.

Mães solteiras eram enjeitadas, quando não expulsas de casa, sentença aplicada pelas hipócritas convenções morais. Moças fáceis deveriam ser relegadas à margem da família. Algumas obrigavam-se a sair da cidade, empregando-se em casas de famílias. Muitas vezes, exploradas financeiramente e abusadas moral e sexualmente. Outras terminavam no meretrício, e os filhos, enjeitados, eram deixados na porta do orfanato. Vida de expiação corrompida pelos ditames hipócritas da sociedade. As moças de algumas famílias ricas ostentavam seus pecaditos por trás dos holofotes sociais, escondendo-se em refrãos moralistas.

Um mês depois, deixou de postergar o segredo à mãe.

Cabisbaixa, apertando os lábios travados, Anna escutou a

história. Ausentando-se de reprimendas, abraçou-a. O olhar materno complacente, acalentava em noites maldormidas.

Durante algum tempo, absteve-se de aparecer em público. As saídas eram parcas. Refugiava-se nas atividades de jardinagem, cultivando belos canteiros de flores.

Por aqueles dias, nasceu a filha de Maria José. Eufóricos com o nascimento da primogênita, Clara, Ariovaldo e Agustina, avós de primeira viagem, mimavam a pequena. Após o nascimento, Maria José aquietou-se, prevalecendo o instinto maternal. Maria José e Guido marcaram a data de batismo, e logo após, fariam um almoço dominical.

Na cafeteria, Ariovaldo contratou Armstrong para tocar sax no entardecer. Louvável, após o bar La Torre fechar as portas, passando a cafeteria a ficar ininterruptamente movimentada. Durante o dia, as famílias costumavam frequentá-la, enquanto os boêmios enchiam as mesas à noite. Muitas pessoas vinham de outros bairros para ouvi-lo tocar, obrigando Ariovaldo a fazer uma reforma. Construiu um grande salão, decoração rústica, candelabros espalhados nos corredores, e velas sobre castiçais de madeira, ornamentando as mesas.

Na noite de sábado, João Miranda, o novo inquilino da pensão de Flor, aprontava-se para sair. Desceu as escadas e olhou no espelho, ajeitando o cabelo lambido com glostora. Vestindo uma camisa branca, colete cinza e calça preta, ele passou pela sala, onde Flor tricotava na frente de um televisor. Exalava um perfume agradável, e Flor espichou o curto pescoço, cumprimentando-o. Insatisfeita, levantou-se da poltrona, espiando-o pela vidraça, perdendo-o de vista.

Prenúncio da noite, os pássaros gorjeavam dispersos entre

as árvores da Rua Rebouças, paralela à Rua das Flores. Os raios de sol escondiam-se no azul-cinéreo. João pairou sobre a calçada, amarrando o cadarço do sapato, admirando o poético fim de tarde.

O saudosismo abraçou o instante, o velho sax boêmio, ousando dedilhar algumas músicas. Propositalmente, deixou-o no baú de guardados, entre tralhas e mobílias austeras no interior de Piracaia, com as antigas partituras de canções nostálgicas herdadas do avô paterno. Mantinha vivas as lembranças do velho amigo Armstrong, reencontrando-o depois de alguns anos na cafeteria de Ariovaldo.

Ao seguir pela calçada, uma mulher, do outro lado da rua, despertou-lhe atenção. A mesma que conheceu no bonde. Era ela, em carne e osso.

Isabela chegou em casa e Anna contou sobre a chegada de um novo morador na Rua das Flores. Faziam alguns anos, o gueto deixou de receber novos moradores. Mantinha os velhos e a descendência, fatos registrados nos anais dos jornalecos locais, as famílias perpetuavam-se ali. Outras, refugiavam-se no interior paulistano em pequenos e grandes latifúndios, plantando café e algodão. As famílias com costumes urbanos preferiam o burburinho do centro da cidade, espalhando-se entre as alamedas principais. Poucas eram providas de condições financeiras, traziam consigo, além-mar, pés de meias gordinhos, enquanto outras, paupérrimas e descapitalizadas, tinham a vida parca de tudo, quando não se dizimavam por doenças incuráveis.

Anna varria a calçada e observou João indo em direção à cafeteria, admirando os trejeitos másculos, um homem mais interessante do que propriamente belo. Caminhava ereto, destacando os atributos físicos esculpidos por trabalhos braçais.

Soube através de Flor que o distinto moço morava em uma chácara no interior, deixando-a aos cuidados do irmão caçula, Pedro. Após o falecimento da esposa, recomeçou a vida na cidade.

Chegando na cafeteria, adentrou a porta, procurando o amigo. Ao vê-lo, aproximou-se de Armstrong, ele o reconheceu pela voz. João, saudoso, deu-lhe um abraço. No primeiro dedilhar no sax, encantou-se, uma ode ao ídolo Louis Armstrong, apelido da mocidade.

Ariovaldo percebeu uma cara nova no pedaço e sem perder tempo nem negócios, deu as boas-vindas da casa. Trocaram algumas palavras, João sentiu-se à vontade, prosa e brincalhão sem exageros. Guido passou equilibrando a bandeja e deixou sobre a mesa uma cerveja, cortesia da casa. Ele ergueu o copo, agradecendo. Ariovaldo abriu um sorriso bonachão, desviando a atenção para as damas, Isabela e Anna, arrastando prontamente as cadeiras.

Ao deliciar-se com uma fatia de torta de chocolate, entre uma garfada e outra, Isabela observou, sentado algumas mesas à frente, João. Baixou a cabeça, terminando seu chá, enquanto Anna ausentou-se da mesa, trocando algumas palavras com Agustina. Ao saírem da cafeteria, João as acompanhou de soslaio.

Ao colocarem o pé na rua, a fragrância da flor dama da noite exalava um perfume agradável. De braços entrelaçados, mãe e filha caminhavam pelo passeio público. Os lampiões acesos, alguns móveis quebrados pelos moleques, faziam tropeçar no escuro.

Na penumbra, um vulto. Apertaram o passo. Ao passarem pelo lampião, diminuíram as passadas, alguém vinha um pouco atrás. Perturbadas pelo susto, não abriram a boca. Era João que entrou na pensão e, ao passar pelo corredor do casario, viu Flor tricotando e escutando pela rádio Nacional "A Felicidade pode esperar".

Sequer piscava, imóvel, acompanhando a ladainha, devorando cada palavra, pranteando as desgraças folhetinescas. Pisando leve, João quase tropeçou em Napoleão. Desengonçado, farejou alguma sobra de comida na porta da cozinha. Murilinho, o filho da faxineira Rosalba, costumava presenteá-lo com uma lembrancinha gostosa escondida em algum cantinho, às vezes, inusitado.

Na manhã seguinte, João acordou com os vestígios de raio de sol refletindo na cortina, fazendo a vez do despertador. Bocejava, com a sensação de noite maldormida. Em frente ao espelho, um rosto desfigurado. Nos últimos tempos, fazia horário extra, diminuindo incontáveis horas de descanso. Esfregou a face vigorosamente. Vestiu o macacão de brim surrado na cor azul-marinho e colocou o boné sobre o cabelo úmido. Apanhou, em cima da cômoda carunchada, os documentos, colocando-os no bolso da calça.

Parecendo voar, em cima da bicicleta, João chegou ao destino, a indústria Matarazzo. O beneficiamento do algodão lembrava a lida nos algodoeiros na infância. Apesar do pouco tempo, a intimidade com os maquinários parecia familiar. Ao soar o apito da fábrica, no final do dia, iniciava uma jornada de certificações. Conquistou o cargo de chefe do setor de máquinas, e uma das atribuições era o controle das maquinarias importadas no Porto de Santos.

Retornando para a pensão, sentiu cheiro de broa de milho no gueto. Enquanto eram assadas, a Rua das Flores era povoada por crianças. Elas batiam palmas em frente à casa de dona Anna, como a chamavam, pedindo uma provinha deliciosa das broas ainda quentinhas. Costumava colocá-las em uma bacia branca esmaltada e distribuía aos pequenos. Ao entregar a última, Bartolomeu atravessou a rua em companhia de Rosa. Pelos fatos ocorridos, não fazia sentido cultivar amizade, tampouco inimizade. Como uma lufada de vento, passageira, a vida seguia o curso normal.

Bartolomeu demonstrava-se esquivo. Suposta defensiva a qualquer ataque verbal extremista dos defensores dos bons costumes. Por mais escondidos os fatos sórdidos, alguém acabava, no cochicho, entregando a história. Facetas do comportamento humano, a curiosidade corrói as entranhas e a língua fraqueja.

Ele adquiriu um gosto inusitado por charutos. Comumente visto em festas fenomenais, com uma taça de vinho em mãos, baforando pelos cantos. Rosa, incumbida a amásia, acompanhava-o. Saiu da casa dos pais, sem antes casar-se, atitude imposta por Bartolomeu, prometendo àquela família mundos e fundos. Rosa foi cercada por mimos e requintadas iguarias. As bochechas róseas e juvenis da moça davam um aspecto de vigorosa saúde. As roupas eram desenhadas por estilistas renomados, frequentando, algumas vezes, altas rodas da sociedade paulistana. Viviam de aparências, durando pouco o ensaio de enamorados. Carregava, no semblante apagado, pesadas olheiras que contrastavam com a pele alva. Suas aparições tornaram-se escassas e o comportamento obsoleto, desaparecendo as vistas alheias.

O colóquio, de boca em boca, palpitava sobre o paradeiro da moça. Isabela, sem perder tempo, foi ao hospital, descobrindo com Mafalda um segredo guardado a sete chaves. Uma semana atrás, Bartolomeu levou Rosa para o hospital com uma forte hemorragia. Segundo ela, estaria grávida de dois meses. Chegou ao local balbuciando palavras incompreensíveis. O rosto abatido, borrado de maquiagem, vestígios de copiosas lágrimas. Deixando-a aos cuidados da enfermagem, Bartolomeu ausentou-se e prescreveu medicações. Ao receber a medicação, após o atendimento, adormeceu profundamente. Ficou em quarto reservado, escondida dos olhares curiosos. Bartolomeu exigiu sigilo absoluto em relação ao ocorrido. Aparecia raramente, reservando poucos minutos junto ao leito. As circunstâncias, ainda desconhecidas, poderiam ser reveladas unicamente por ela. No dia da alta, a pedido de Bartolomeu, Mafalda a conduziu para casa à noite, discretamente, evitando especulações sobre o estado de saúde. Após recuperar-se, Rosa partiu. Nas mãos, uma pequena maleta, com algumas roupas. Mal trajada e com os cabelos desalinhados, a passos lentos e cabisbaixa, caminhou em direção à Avenida Eleanor Roosevelt. Com uma expressão de pavor, pensava na reação do seu pai ao vê-la novamente em um estado deprimente.

***

Em frente à casa dos seus pais, Rosa, temorosa, custou a tocar o sinete, transpirava. Ouvia o toc-toc dos sapatos aproximando-se. Sua mãe abriu a porta vagarosamente, esbugalhando os grandes olhos, deu um passo para trás.

— Por que estás aqui? — perguntou a mãe carrancuda.

— Me deixe entrar, explicarei tudo — respondeu Rosa cabisbaixa.

Maria levou as mãos no peito ao vê-la atirada às traças, a desgraça acometeu-se. Ela chorou, prevendo a sentença. Terciano, o pai de Rosa, ao ouvir a conversa, apareceu na porta. Com o peito estufado, a expulsou com todas as letras.

— Aqui não ficarás! Nem hoje, nem nunca para nos envergonhar. É tarde para arrepender-se. Avisei-lhe sobre aquele maldito. Vá embora e nos esqueça.

Maria interpelou Terciano.

— Perdoe Rosa, nossa única filha. Perdoe-a, Terciano.

— Cale a boca, mulher! Precisa ganhar uma lição para valorizar a educação que recebeu. — Terciano, com um safanão, empurrou Maria para dentro de casa. Com o dedo em riste, deu a direção à filha, batendo rispidamente a porta.

Rosa saiu sem eira e nem beira. Próxima dali uma praça, onde sentou-se no banco de pedra. Ficou, por algumas horas, remoendo o passado. Ideia de girico sair da casa dos pais, dando ouvido à lábia de Bartolomeu. Precisava de um teto, um trabalho e ganhar a vida. As mágoas consumiam as entranhas. Repudiada pelo pai e expulsa da casa onde tinha sido amada. Estancou as lágrimas, repousando a cabeça sobre as pernas.

Uma mulher desconhecida se aproximou e sentou-se ao seu lado, tirando um lenço da bolsa, alcançando-o gentilmente. Rosa, sem entender, aceitou a gentileza da dama perfumada, a quem confidenciou um capítulo amargo da vida. A mulher a convidou para hospedar-se em sua casa. No casario cor-de-rosa, foi recebida por outras meninas da sua idade. Todas sorridentes e com trajes um tanto ousados. Ao ver um prostíbulo a recebendo, dirigiu-se à porta de entrada, tocando na maçaneta. A mulher, Januária, nome de profissão, segurou seu braço.

— Estou dando uma chance de refazer a vida. E assim que me agradeces? Aqui terás casa e comida. Recusas? Tem a ilusão que um príncipe virá para buscá-la?? É a casa que lhe ofereço, ou desejas a sarjeta? — perguntou firme, baforando, com a piteira entre os dedos. Piscava muito os olhos, lambuzados com maquiagem escura.

Januária impunha-se com a personalidade faca nas botas, destilando sex appel na mira eleita, fossem homens ou mulheres.

Estatura mediana, corpo curvilíneo e rosto carregado de maquiagem pesada, escondendo algumas sardas que pipocavam o rosto. A tez alva de mulher europeia, tomava pouco sol. As meninas obedeciam sem pestanejar, ninguém retrucava, tinha um gênio de cão.

Segundo as línguas bem informadas, era moça de família de linhagem nobre, e com a vinda ao Brasil, com o nome de batismo Anastácia, adotou o codinome Januária. Contrariando a vontade dos pais, na juventude, envolveu-se com um fazendeiro casado. Tempos depois, o fazendeiro a abandonou às portas de um meretrício. Aos 16 anos, foi acolhida por madame Magnólia, onde trabalhou como dama de companhia. Ao passar dos anos, conheceu um banqueiro, esse a adotou como amante exclusiva, dando uma polpuda quantia em dinheiro, permitindo a ela abrir o próprio negócio, facilitado pelo falecimento de Magnólia, sob circunstâncias nunca apuradas pelo delegado da cidade, assíduo frequentador da casa. Castigada pelas noites maldormidas e o abuso do álcool, era indigesto permanecer muito tempo em sua companhia. Pisava nos sentimentos alheios, tripudiando sadicamente qualquer intenção benévola.

Rosa desapareceu das vistas alheias. Especulações melindrosas afirmavam a ida para Itália, desposando um conde italiano. Talvez as meninas alegres soubessem de algo. A cafetina, conhecida pela alcunha de Janu, escondia os negócios escusos.

***

Isabela arrumou as flores para levá-las ao mercado. Ao abaixar-se, teve uma vertigem, segurou-se para não cair. Luigi, o entregador de jornais, passava em frente à casa, e Isabela pediu que levasse um recado a Chica, uma das filhas de Aurora. Ela ajudava carregando as cestas, fazia entregas e vendas de flores no mercado, então deixaria as flores aos seus cuidados. Tinham inúmeras solicitações para festas, casamentos, noivados e bodas. Chica precisava de dinheiro para concluir o curso de Secretária,

Chica tinha estatura baixa, pele cor de jambo, cabelos negros, ondulados e compridos, que gostava de trançar. Apreciava os bons cortes, principalmente os tecidos cor-de-rosa, Petit poá com bolinhas brancas, o seu predileto. Não usava adornos, tampouco dava cor aos lábios. Dona de um simpático sorriso, despertou paixões platônicas. Recebia bilhetes apaixonados, apesar do admirador permanecer no anonimato. Uma situação injusta: ele podia apreciá-la da cabeça aos pés, ela, ao contrário, desconhecia-o.

Uma nuvem densa e negra pairou no ar. Dos céus desabava um toró, tirando os sapos da lagoa do Poti, nas imediações, para coaxarem pelos pátios da vizinhança. O mormaço, sem trégua, deixava as pessoas agitadas.

Tossindo e sentindo-se cansada, com suspeita de pneumonia, Anna foi levada ao hospital. Depois dos exames, constatou-se o frágil estado de saúde. Além da pneumonia, uma arritmia, explicando o cansaço e a taquicardia dos últimos tempos. Dois dias após a internação, recebeu alta para tratar-se em casa, evitando o ambiente promíscuo de bactérias.

Carregada pelo peso, as pernas de Isabela doíam, passava horas a fio em pé no jardim. Poucos dias depois de Anna retornar do hospital, Isabela deu à luz. Eleanora, a parteira, com 30 anos de profissão, foi chamada. Trouxe ao mundo muitas crianças, inclusive, a própria Isabela. O parto ocorreu sem intercorrências. Os olhos de Isabela brilhavam ao acomodar o pequeno rebento nos braços.

— Como irá se chamar? — perguntou Anna.

— Queria olhar em seu rostinho primeiro, para depois dar-lhe um nome. Irá se chamar Anja — respondeu tacitamente. — Nossa pequena Anja.

— É um belo nome — respondeu, acariciando a cabeça cabeluda.

Isabela precisou repousar por alguns dias, recuperando-se para retomar a rotina. Chiquinha ficou encarregada de cuidar do negócio, prosperando a cada dia, sem contabilizar prejuízo.

Na velha máquina que herdou da mãe, Anna costurava sem descanso. Os dias se passaram, seguindo a rotina diária. Isabela preparava o chá no lanche da tarde, levando-o para Anna. O chá fumegava, enquanto sorvia lentamente. Isabela observava os trejeitos da mãe, entretida entre um traçado e outro de linhas.

— Ultimamente tu andas bem atarefada. Sem tempo para a sesta da tarde — disse Isabela.

— Recebi muitas encomendas, mas tenho conseguido dar conta — respondeu Anna, manuseando rapidamente o pedal da máquina de costura.

— Se continuares assim, terminará convalescendo. Lembre-se das orientações do médico, considere-as. Queres tapar o sol com a peneira?

— Algo quase impossível, descansar.

— Deves respeitar o ritmo do coração. Há poucos dias, tivestes internada, ainda estás com a saúde frágil — Isabela relembrou os detalhes e, enquanto falava, encostou o rosto em sua cabeça e beijou-a na testa.

Desconversando, Anna comentou sobre João Miranda.

— Hoje pela manhã, vi aquele rapaz, o novo vizinho —

Pensou um pouco, até lembrar-se do nome. —, o João. Trabalha no Moinho Matarazzo. Sorte a dele conseguir um emprego tão bom logo de primeira, não achas?

— Como ficou sabendo? — perguntou Isabela sem esconder a curiosidade.

— As freguesas comentam — respondeu Anna. — Morava no interior de São Paulo, a cidade não lembro. Ficou viúvo, e uns meses depois, veio tentar a sorte na capital. Considero uma ilusão pensar assim, mas respeito. A vida no interior parece tão tranquila, longe dos burburinhos e agitação da cidade.

— Suas freguesas sabem de tudo e fazem questão de comentar para quem quiser saber. Então, Flor já passou o serviço completo — disse Isabela, sorrindo.

— Não vou julgá-la por isso, mesmo não concordando com a atitude, deveria evitar falar da vida privada dos inquilinos, de onde tira o sustento.

— João nem imagina que seu nome corre de boca em boca. — falou Isabela, sacudindo a cabeça.

— Falam porque se interessam. É bonito, um bom partido. Todas as moçoilas e balzaquianas ficaram seduzidas pelo jeito, vamos dizer, tosco.

— Tosco? Como assim, grosseiro?

— É educado, mas não mostra os dentes. João lembra o seu pai quando chegou em São Paulo, desembarcando do navio Zeferino.

— Papai tinha pele clara e olhos azuis. João é moreno, típico brasileiro, com hábitos interioranos de São Paulo.

— Fisicamente diferentes, mas tem algo nele, que lembra Gio — falou, divagando no passado. — Talvez a coragem, a vontade de se arraigar em algum lugar e recomeçar uma história.

Anna olhava pela vidraça, perdendo-se no breu da rua, iluminada por parcas luzes.

— A senhora esqueceu de comentar sobre a viuvez — perguntou, buscando explicação.

— A falecida esposa morreu no parto, perdeu os dois — respondeu Anna.

— Nem imagino o quanto deve ter sido difícil — Isabela silenciou.

— É... ainda mais quando se está sozinho. Apenas o irmão caçula morava perto, os outros estão espalhados mundo afora. O irmão mais novo cuida das terras que deixou no interior. Parece ser um bom rapaz, é justo que refaça a vida. Todos nós temos direito a uma nova oportunidade, inclusive você. Agora, com uma filha nos braços, espero que um dia consigas dar a essa pequenina um pai.

— Anja tem um pai, mas se depender de mim, não saberá a identidade dele.

— Como pode afirmar com tanta convicção? — perguntou Anna, tomada de curiosidade, buscando uma explicação que elucidasse a certeza.

— Quando estive no hospital para pegar algumas anotações, tive a oportunidade de olhar o arquivo hospitalar. Quando peguei a pasta da paciente Gertrudes Jacobsen, no arquivo morto, e descobri a causa mortis.

— O que houve de tão grave?

— Faleceu em decorrência de um aborto provocado — respondeu Isabela.

— Por que faria isso? Ou... por ele? — indagou Anna, franzindo a testa.

— Enquanto estávamos juntos, dizia que uma gravidez poderia ser motivo de uma ruptura entre nós. Quando soube que ela estava grávida, deve ter tentado que abortasse.

— Ele é um monstro — disse Anna com o coração acelerado, sentando-se, começou a abanar-se.

— Calma. Ele não deverá saber a paternidade de Anja. Querendo ou não, ela veio ao mundo. Jamais desejei que fosse pai de um filho meu, após ouvir da própria boca a ojeriza a crianças. E quando Rosa foi morar com ele, previa algo de ruim. Também abortou, lembras?

— Foi triste o que aconteceu com essa moça. Tirou a menina de casa para jogá-la na sarjeta. Hoje está sabe-se Deus onde. Pobre Rosa.

— Tem certas escolhas na vida que não podemos mudar.

— Queira Deus que venhas a conhecer alguém que a ame, e que consigas formar uma família — disse Anna.

— Somos uma família. Necessariamente, não precisamos de um par de calças em casa. Os tempos estão mudando, ainda que sem pressa.

— Os tempos podem estar mudando, mas o conceito de família ainda é forte e presente na mentalidade das pessoas. Ainda demora para uma mãe solteira, sem a presença e o nome de um pai, ser bem-aceita na sociedade. Te vestem como bem entendem, apontam na rua como uma cadela pervertida, uma rameira, assim são as pessoas.

— A sociedade é hipócrita, principalmente a classe abastada. Casam-se grávidas, traem esposas e maridos, têm filhos bastardos, mantendo um casamento de mentira, e assim segue a sociedade, mantendo a pose. E o que resta para nós, pobres mortais da plebe, senão escárnio e discriminação. Não ligo a mínima para que os outros pensam e falam.

— Vero! Dependemos apenas do lavoro. A vida segue.

— Ah... tudo que esperava ouvir. Temos força e coragem, é o suficiente

Os olhos de Anna ficaram marejados. Anna abraçou-a. E nem mil palavras ditas teriam mais força.

***

Passados três meses, Isabela começou a ficar mais ausente de casa, passando a levar as flores para o mercado, onde havia alugado um cubículo acanhado. Ajeitou o minúsculo recinto, pintando as paredes de várias cores, enfeitando-o com flores, cestas e trigais. O cantinho atraente e acolhedor despertava os olhares da clientela. Faturava-se bons cruzeiros, enricando, aos poucos, as expectativas.

Em casa, Chica cuidava de Anja. Pela primeira vez, Isabela viu a pequena agitada. Após lavar as mãos suadas, pegou a filha nos braços, beijando-a. Isabela estranhou a ausência de Anna. Chica gaguejou quando ela perguntou pela mãe.

— Desculpas por não a avisar. Dona Anna baixou hospital e pediu que não a chamasse.

Isabela ficou sem palavras.

— Mesmo assim, deveria ter avisado. Quem a levou?

— Após ter sentido uma forte dor no peito, pedi ao vizinho João Miranda para levá-la até o hospital. Foi a primeira pessoa que vi na rua, estava chegando do trabalho. Largou a bicicleta na calçada e correu até aqui. Ligeiramente, foi buscar um táxi e, com ajuda de dona Flor, a levou para o hospital Nossa Senhora Aparecida.

Isabela deixou Anja aos cuidados de Chica e foi para o

hospital. Na Avenida Eleanor Roosevelt, tomou o bonde, descendo próximo ao hospital, na esquina da Avenida Bastos Marinho.

Subiu rapidamente as escadas do hospital. No quarto andar, dirigiu-se à recepção, o coração parecia sair pela boca. Perguntou à enfermeira plantonista sobre o estado de Anna. Isabela roía as unhas curtíssimas. Levantou-se e ficou perto da porta, onde a enfermeira havia entrado, esquecendo de retornar. A rotina de um hospital deixava qualquer pessoa fora do prumo emocional, por trás das paredes que os separavam, a realidade contada a conta-gotas. A enfermeira retornou com o semblante de gelar as extremidades. Com passos de formiguinha, aproximou-se de Isabela.

— Desculpa-me a demora. Lamento informá-la que a paciente Anna... — Foi breve ao perceber a angústia de Isabela. — Infelizmente, ela não resistiu. Teve um ataque cardíaco fulminante — dizendo isso, a enfermeira ficou com os movimentos corpóreos freados. Conhecia Anna, esteve duas semanas antes no hospital fazendo exames de rotina. As pernas de Isabela fraquejaram, e na tez pálida, o suor escorria. Anna travou uma luta entre prevenir-se e o desejo de viver sem restrições. A doença venceu.

***

Os sinos campesinos tocam exatamente 17h. O rito do enterro segue a corte do féretro. Poucas pessoas compareceram, alguns vizinhos da Rua das Flores para dar o último adeus. Entre eles, Bartolomeu. Discreto, escondeu o rosto atrás de um chapéu preto, ficando distante entre as lápides. Permaneceu, quase o tempo todo, cabisbaixo, olhava de soslaio para Isabela, amparada pelos braços de Alma. Chica ficou em casa, cuidando da pequena Anja, tinha estado horas antes no velório. Isabela temia expor a filha aos comentários maldosos e à curiosidade que poderia despertar em Bartolomeu.

Exaurida, como um soldado ferido da guerra, retornou para casa. Buscava o refúgio do lar, ter a pequenina em seus braços, descansar o corpo e amainar as dores emocionais. Como se estivesse numa alcova, solitária, pranteia a perda materna.

Fazia algum tempo, Isabela abstinha-se das missas dominicais. A maneira de interagir com a espiritualidade assemelhava-se a de Anna. Importante era a prática do evangelho, sem se tornar somente um corpo estático frente ao padre, aquém a prática cristã, como muitos hipócritas.

O grande e velho relógio da sala entregou os pontos, um pouco antes de Anna ser levada ao hospital. Um prenúncio, o velho caduco costumava ser pontual no desempenho do ofício. Estaria entregando os pontos justamente agora.

Nas semanas seguintes, as clientes de Anna procuraram por suas encomendas. Algumas prontas e outras ficaram sem término. Ouvia-se delas as lamúrias da perda, ao escutá-las, a chaga de Isabela se abria. A duras penas, precisava fazer o luto. Aos poucos, reassumiu seus compromissos, tragando a dor e trancafiando soluços, retraídos no peito apertado. Às escondidas, cedia às lágrimas o direito de manifesto, onde liberava seus soluços.

O entra e sai dos vizinhos na casa de Isabela confirmava o sentimento de pertencimento. Alma era uma delas, trazendo consigo uma palavra de conforto, uma muda diferente de flor, um prato saboroso e um mimo para Anja. Nem sabia contabilizar quantas vezes a evitou por um preconceito descabido.

No ínterim da acomodação dos fatos, após a perda, alguns indícios de tempos alvissareiros chegavam.

Ao retornar do trabalho, João passou em frente à casa de Isabela e acenou. Costumava cumprimentá-lo, parecia bem-intencionado. Lá no fundo, tinha reservas. Insistia no apego ao sentimento doentio — a ser repensado —, esquivando-se de qualquer aproximação masculina. Resignava-se à rotina talhada pela desconfiança. Com o tempo, foi atando um laço de amizade.

***

Ensolarada manhã dominical, revoada de pássaros em céu de brigadeiro. Havia passado um ano da morte de Anna. João pedalava pelas ruelas do centro e avistou Isabela retornando da missa, com a pequena Anja nos braços. Espichou os olhos, Isabela ajeitava a menina no carrinho. Ele parou ao seu lado, ela quase deixou cair a bolsa, disfarçando o mal jeito. Trocaram algumas palavras, ele a convidou para um passeio no Parque Ipiranga, para os festejos em homenagem ao santo padroeiro, São Paulo.

— Vamos aproveitar o passeio e visitarmos o Museu de Arte. Desde inaugurado, tenho vontade de conhecê-lo. Me daria a honra da companhia? — perguntou João.

Isabela apertou os lábios, provocada pelo desejo do sim, ao mesmo tempo, pensava em Anja.

— Aceito o convite, mas a visita ao Museu fica para outro dia.

— Então, à tarde, passo para apanhá-las.

João despediu-se e seguiu em direção à Avenida Eleanor Roosevelt. E costumava parar na cafeteria de Ariovaldo e jogar conversa fora. No bolso da camisa, um maço de cigarros, era um prisioneiro do hábito.

Os pássaros arrulhavam. Uma espécie de conspiração temporal fazia-se presente. Isabela aguardava a chegada de João com Anja acomodada no colo, parecendo uma bonequinha bibelô. Vestida com um tecido de brodery, branco, cheio de babados e rendas. Na cabeça, um minúsculo chapéu cheio de rococós.

No horário combinado, ele chegou, fazendo gracejos à pequena para roubar-lhe um sorriso.

Sem rodeios, indagou sobre a paternidade de Anja.

— É uma página virada, sem importância alguma, acredite — respondeu Isabela cabisbaixa.

— Do que tens medo? Que o pai apareça cobrando direitos?

— Vou protegê-la a qualquer custo. Se depender de mim, ninguém saberá.

— Nem eu? — perguntou João.

— Nem você. Acredite, para seu próprio bem. Algumas lembranças, quando mexidas, causam dor sem necessidade.

Silenciaram. João rabiscava com um graveto na terra. Anja deu uns gritinhos ao ver as borboletas. As frágeis mãozinhas abriam e fechavam, tentando alcançá-las, impulsionava seu corpinho para a frente e dava gostosas risadinhas. Os dois se entreolharam e riram.

— Desculpa, João, não é nada com você. Vamos aproveitar o belo dia de passeio. O passado se tornou um fantasma assombrando a paz — disse Isabela, tentando fazer-se compreender.

— Peço uma chance de mostrar o quanto podes ser feliz comigo. Acredite, tenho muito amor para dar a vocês.

— Seríamos felizes juntos?

— A admiro o bastante para amá-la.

Isabela enrubesceu, desviando o olhar.

— Vou pensar com carinho, prometo.

— Posso considerar como um quase sim? — perguntou João, tocando levemente sua mão. Arrepiou-se, recolhendo-as.

Retornaram do passeio e depois daquele domingo, vieram outras manhãs e tardes cúmplices de olhares, sorrisos e suspiros.

Nos canteiros de casa, Isabela plantava as mudas de gerânios. Anja ficava no carrinho, paparicada por Chica, embaixo da jabuticabeira. Bartolomeu observava, como um lobo à espreita, do outro lado da rua, Isabela com Anja no colo. Ao percebê-lo, virou-se de costas, retirando-se.

Sem ser convidado, entrou no pátio. Isabela segurou firme a menina em seu colo.

— Sua filha? — perguntou Bartolomeu.

Por instantes, emudeceu.

— Sim, é — respondeu com um fio de voz.

— Então você casou?

— Desculpa, mas a que devo tanta explicação?

Bartolomeu olhou firmemente para Anja.

— Ela lembra alguém — falou Bartolomeu. — Parece com alguém que vi em uma foto antiga. Sou bom fisionomista.

Isabela sentiu um aperto no peito com a intrusa observação.

— Crianças pequenas se parecem, é normal.

Ele a fitou novamente, despedindo-se. Isabela colocou Anja no carrinho, embalando até adormecer.

***

A teia de empecilhos desfazia-se lentamente na vida de Isabela. O hábito faz o monge, e ela peregrinava em terras férteis. A rotina começou a mudar, permitindo que ela vivesse. João a convidou para conhecer o Museu de Arte, há muito postergado.

— Amanhã falo com Chica, e tão logo tenha a resposta se poderá ficar com Anja, aviso. Obrigada, tem sido um grande amigo.

Caíram os braços de João, murchando a tez.

— É apenas isso que significo para você, um grande amigo? — perguntou.

Ficou à espera da resposta, para libertar-lhe da angústia ou para encarcerá-lo de vez na tristeza.

— Significa muito mais. Os amigos, os bons, costumam respeitar nossos sentimentos.

Ao ouvir a resposta, os ombros tornaram-se eretos. E as pupilas vibraram.

— Combinamos a visita ao Museu amanhã.

— Adeus, João!

Há muito tempo, João desejava visitar o Museu de Arte instalado no edifício dos Diários Associados. Foi inaugurado em outubro de 1947, por Assis de Chateaubriand, um jornalista vindo da Paraíba, também dono de emissoras de rádio, em parceria com o crítico de arte italiano Pietro Maria Bardi, chegado há pouco no Brasil.

Desde pequeno, João nutria admiração pelas artes, embora não fosse influenciado pela família, de origem humilde. O pai, Armando Miranda, era carpinteiro, dos bons, talhava com perfeição e fazia móveis rústicos. A mãe, Amélia, ajudava-o na oficina de carpintaria, quando não cuidava da casa, abastecendo os armários com quitutes e pães maravilhosos. João cresceu em um ambiente propício a gostar de arte, encontrando na acanhada igreja da cidade algumas esculturas e pinturas. No interior, um pequeno relicário de arte sacra, peças de ouro de indescritível beleza.

A indústria Matarazzo — onde trabalhava — cultivava ações

voltadas para o incentivo à arte e à cultura. Devoto das artes, o dono da indústria, Francisco Matarazzo, também conhecido como Chiquinho, foi um dos colaboradores que patrocinou o Museu de Arte de São Paulo.

Em várias situações, João deparou-se com o engenheiro Franco Zampari, conhecido por escrever peças teatrais, monólogos encenados em festas da alta Society paulistana. O hobby de Franco foi explorado meritoriamente pelos amigos, motivando-o a dedicar-se ao teatro. Naquele ano, eles, juntamente a um grupo de empresários de São Paulo, criaram a TBC — Teatro Brasileiro de Comédia. Ao ouvir os comentários pelos corredores, João não via a hora de voltar para casa, cheio de novidades para contar a Isabela, como a estreia da peça "A Mulher do Próximo", estreada pela diva Cacilda Becker, desejando convidá-la para assistirem juntos.

As Indústrias Reunidas Matarazzo tiveram um papel especialmente relevante para a economia e expansão do bairro do Brás. Com ela, a malha ferroviária, com característica fabril, voltava-se à expansão e ao crescimento da população, responsável pela relação trabalho-moradia e vice-versa. Tinha ligação com o porto e também com as vias-férreas pelo interior do país. Um eixo formado pelas ruas do Gasômetro e Rangel Pestana.

Uma característica pertinente no trabalho das mulheres que trabalhavam em fábricas era o salário, mais baixo que o dos homens. Quando casavam, eram demitidas, o provedor da casa deveria ser o homem. João opunha-se aos ditames do regrismo social, tampouco tinha temperamento machista, o que era raro. Criado pela mãe, concebeu bons exemplos, desmedido amor e abnegação. Armando Miranda, seu pai, faleceu de tuberculose, antes de completar 40 anos.

***

Após saber da viagem de Bartolomeu, Isabela levou Anja para passear. Despertou os olhares da vizinhança, a pequena risonha era uma graça. Sorria ao ver os pássaros dependurados nos fios de luz e a agitação das crianças.

Há tempos, Isabela mais parecia manhãs outonais, frias e cálidas. Naquele dia, até mesmo o mormaço de final de tarde dava-lhe uma sensação de amarras cortadas. Só faltava a chuva para lavar a alma, caminhar sem rumo, perder as estribeiras e deixar os sapatos velhos de canto.

No domingo, pela manhã, como combinado, foram ao Museu de Arte. Tomaram o bonde Gilda na esquina de casa. Isabela gesticulava, um ensaio de palavras espremidas. João olhava pela janela, viajou sem sair do lugar.

Desembarcaram próximos ao Museu. Ao entrarem, Isabela tropeçava em meio a tanta beleza. Várias obras de pintores renomados como: Bellini, Rafael, Velásquez, Goya, Renoir, Monet, Van Gogh, entre outros. Finalmente conheceu as obras de pintores que só via pelas revistas.

João nem piscava, absorto naquela novidade ímpar que, até então, conhecia através das páginas amareladas dos livros da biblioteca escolar de Piracaia. Apesar do parco conhecimento sobre o assunto, mostrou-se conhecedor das principais obras. Após o primeiro contato com a exposição artística, passou a interessar-se por revistas de arte moderna, tornando-se colecionador.

Naquela semana iriam ao teatro ver a peça "A Mulher do Próximo", estreada por Cacilda Becker. Isabela contava os dias no calendário de parede. Por aqueles dias, Bartolomeu retornou de viagem. Entrou na Rua das Flores, depois do táxi tê-lo deixado na esquina da Avenida Eleanor Roosevelt. Na rua, passou por Arioval-do, cumprimentando-o, sem parar para um café como de costume.

Ao vê-lo, a passos largos, o coração de Isabela parecia sair pela boca. Desejava, mais do que tudo, pontuar os receios que picotavam a liberdade. Ele a cumprimentou, continuando o trajeto. Ela suspirou, baixando a guarda.

No dia da estreia da peça teatral, desabou um toró. Pouco para afugentar a plateia. Isabela saiu de casa, na ponta dos pés, enquanto Chica pajeava a pequena. Ximbica seguia, acompanhando-a. João a esperava no portão, quando saíram em direção à avenida. Armstrong tocava sax na varanda de casa, perfeita combinação para um dia de estreia.

Uma enorme fila os aguardava. As pessoas riam à toa. A expectativa deixava a todos em polvorosa. Não era sempre que se podia assistir a Diva. Cacilda Becker, uma jovem atriz, encenaria o seu melhor naquela noite de estrelato. Entre uma cena e outra, as mãos de Isabela deslizavam sob as paredes com desenhos em alto-relevo. No final da peça, aplausos emocionados. Na penumbra, iluminada apenas por um holofote, João dirigiu-se ao palco, estendendo a mão a Isabela, ajudando-a a subir os degraus.

Olhando firmemente em seus olhos, ele fez um pedido.

— Aguardo por esse momento há muito tempo. Quero que se case comigo.

Isabela baixou os ombros, recuando.

As esperanças naufragaram na indecisão. Uma frágil possibilidade foi cogitada, que nem mesmo acreditava. João manteve-se em silêncio, em águas divisas, entre a tristeza e a possibilidade, ainda que remota, de um sim.

Depois de longos meses, em um ensaio de respostas e atitudes infrutíferas. Mais uma vez, entre outras tantas, Isabela finalmente respondeu. Dedicar-se-ia inteiramente à filha.

— Então, a resposta é não. Quando se tem certeza, torna-se mais fácil respondermos qualquer pergunta — concluiu João, calejado de nãos.

— Depois de refletir, decidi que o melhor é ficar sozinha por algum tempo. Precisas de alguém que o ame e o valorize como mereces.

— Consegues seguir o próprio conselho? — falou João em tom áspero de voz.

— Tenho a mim, Anja, amigos, as atividades que gosto de fazer, enfim, o mundo. Para sermos felizes, obrigatoriamente, não temos que nos casar. Isso tudo não representa nada para você?

— Falo de relacionamento entre homem e mulher. Uma companhia pelo resto da vida, um amando o outro, respeitando, cuidando e querendo bem. Achas pouco? — argumentou João.

— Entendas, a minha necessidade hoje é outra. Talvez um dia, amanhã, quem sabe. Como posso saber do amanhã?

— Vais criar uma filha sem pai? Sabes o quanto é difícil, perdeu o pai ainda menina.

— Em algumas famílias, mães assumem o sustento e a educação dos filhos sozinhas. Isso não é demérito!

Sem argumentos, ele entregou-se à resposta, cortando o fiozinho de esperança que o mantinha preso a Isabela. Despediu-se, e durante algum tempo, não foi visto. Um mês depois, deixou a pensão de Flor, sem nenhum vestígio do paradeiro.

Tempos depois, foi visto no centro da cidade, acompanhado de uma jovem e bela mulher, a quem paparicava, parecendo estar nas nuvens. Passeavam, de mãos dadas, no viaduto do Chá. João vestia-se elegantemente e esbanjava sorrisos para a moça. No íntimo, Isabela teve uma sensação de perda escondida no orgulho desfeito. Havia concedido a ele a alforria dos sentimentos, sentenciando a liberdade para encontrar-se com a felicidade amorosa.

Em uma cerimônia discreta, João casou-se na igreja católica. Morava no centro da cidade, em um sobrado antigo que reformou. Continuava trabalhando na Indústria Matarazzo, onde galgou um cargo de gerência.

***

Passados alguns anos, Isabela continuava sozinha e feliz com suas escolhas. Madura emocionalmente, encontrou na maternidade algumas respostas para os desconfortos emocionais.

Dona de uma floricultura no mercado público, bem requisitada, tinha muitos clientes, pessoas de outros bairros e do interior. As amigas perguntavam sobre o segredo do sucesso nos negócios, quando respondia: gostar do que se faz.

A loja expandiu-se, ampliou o negócio e investiu na Sociedade das Flores, tendo como sócias Chica e Alma. O lucro duplicou, e precisaram buscar um novo espaço, a altura das expectativas das sócias investidoras. Desde então, iniciou-se uma sociedade de lucros e sucesso.

Isabela recordou-se dos momentos difíceis pelos quais passou, deixando de lado as flores, sem perceber que estavam impregnadas na própria alma. Ficou o aprendizado: jamais desistas dos sonhos, jamais desistas de você. Uma lição preciosa após anos de confinamento em ideias errôneas.

Na Rua das Flores, a rotina seguiu normalmente, com os pretensos apaixonados, em cada desabrochar de intenções. Desapegada dos abrolhos, podando arestas, Isabela deixou o jardim novamente florido. Talvez, em algum momento, o amor germinasse.

"A deusa da minha rua
Tem os olhos onde a lua
Costuma se embriagar
Nos seus olhos eu suponho
Que o sol, num dourado sonho
Vai claridade buscar
Minha rua é sem graça,
Mas quando por ela passa
Seu vulto que me seduz
A ruazinha modesta
É uma paisagem de festa
É uma cascata de luz
Na rua uma poça d'água
Espelho da minha mágoa
Transporta o céu
Para o chão
Tal qual o chão de minha vida
A minh'alma comovida
O meu pobre coração
Espelho da minha mágoa
Meus olhos
São poças d'água
Sonhando com seu olhar
Ela é tão rica e eu tão pobre

Eu sou plebeu
Ela é nobre
Não vale a pena sonhar."

(Jorge Farah e Newton Teixeira)

# Sobre o autor

Nasceu em 12 de janeiro de 1965, em Porto Alegre – RS. Aos 16 anos, escreveu o primeiro romance "Areias Escaldantes" (não publicado). Na escola de Ensino Fundamental Visconde de Pelotas, participou de Concursos Literários promovidos pelo Grêmio Estudantil. Em 1982, participou do Concurso Literário promovido pela LBA/Sul Brasileiro, no Ano Nacional do Idoso, na categoria Conto, obtendo menção honrosa. Graduada em Serviço Social (1994) com Especialização em Políticas e Gestão do Serviço Social e MBA em Desenvolvimento Humano nas Organizações, trabalhou na Gestão de Projetos Governamentais em Prefeituras do interior. Autora do livro "Nós Desfeitos de Nós – Desafios", no gênero autoajuda, em 2011 e do romance "La Casa Amarilla", publicado em 2017 pela Editora Wwlivros – Porto Alegre/RS. Também escreve outros gêneros: poesias, contos, crônicas e artigos de opinião.